GEORGES BERTRAND

ou

DIX ANS A LA NOUVELLE-ZÉLANDE

PAR A. S. DE DONCOURT

—————

LIBRAIRIE DE J. LEFORT

IMPRIMEUR ÉDITEUR

LILLE | PARIS

RUE CHARLES DE MUYSSART, 21 | RUE DES SAINTS-PÈRES, 10

GEORGES BERTRAND

Gr. in-8° 2° série.

Il vit un grand nombre d'hommes qui criaient et gesticulaient en montrant sa barque.

A. S. DE DONCOURT

GEORGES BERTRAND

ou

DIX ANS A LA NOUVELLE-ZÉLANDE

DEUXIÈME ÉDITION

LIBRAIRIE DE J. LEFORT

IMPRIMEUR ÉDITEUR

LILLE

RUE CHARLES DE MUYSSART, 21

PARIS

RUE DES SAINTS-PÈRES, 30

INTRODUCTION

I

Découverte de la Nouvelle-Zélande.

Considérée antérieurement à l'époque qui a mis les nations sauvages de la mer du Sud en rapport avec les peuples civilisés, l'histoire de ces nations, dit M. Dumont d'Urville dans la relation de son premier voyage autour du monde, se réduit à bien peu de choses.

Privés de tout autre moyen que celui de la parole pour communiquer leurs idées, les habitants des ces îles nombreuses, de ces vastes terres, n'ayant rien imaginé qui ressemblât aux symboles hiéroglyphiques, aux nœuds, aux *guipos* adoptés par divers peuples, encore voisins de l'état de nature, leurs notions du passé r.e se composent que de traditions confuses, sans suite et sans cohérence.

A Tasman est due la découverte de la Nouvelle-Zélande.

Quittant le chemin frayé pour la première fois par Magellan et que, durant plus d'un siècle, presque tous ses successeurs avaient suivi de près, sans s'éloigner des deux tropiques, Tasman, dès l'année 1642, poussa ses recherches vers les mers refroidies qui coupent le pôle antarctique.

La terre de Van-Diémen fut le premier fruit de ses courageux efforts; mais la découverte de la Nouvelle-Zélande en fut le plus important résultat.

Le 13 novembre 1642, ce navigateur aperçoit les montagnes de Tawaï-Pounamou pour la première fois, presque au même endroit où *l'Astrolabe* vint plus tard atterrir sur cette côte orageuse.

Il prolongea la terre d'assez près en se dirigeant au nord-est. Le 17, il donna dans le détroit de Cook qu'il prit pour un golfe et qu'il nomma *Zeehaan's-Bocht;* et le 18, il mouilla dans une baie qui reçut le nom de *Moordenaar's-Bay.*

Les efforts de Tasman pour gagner la confiance et l'amitié des insulaires furent inutiles; les sauvages se précipitèrent sur un de ses canots, tuèrent trois Hollandais et en blessèrent mortellement un quatrième. Tasman fut obligé de faire jouer son artillerie, et dut renoncer à descendre à terre comme il en avait l'intention. Les vents violents de l'ouest et du nord-ouest le retinrent encore quelques jours au mouillage; puis il continua sa route, au nord, en prolongeant la côte occidentale de Ika-Na-Mawi, et le 4 janvier 1643, il découvrit les îlots Manawa-Tawi. Il tenta vainement d'y faire de l'eau, et le 6 janvier, il quitta cette terre dont il avait reconnu la côte dans une étendue de plus de deux cents lieues.

Le *continent inconnu du Sud* était alors la chimère des géographes, et Tasman crut en avoir vu une partie. Il soupçonna même que les terres qu'il venait de découvrir se joignaient au *Staten-Land*, signalé par Lemaire et Schouten à l'est de la terre de Feu, et il donna en conséquence le même nom à sa découverte. Mais, comme on ne tarda pas à reconnaître que les terres de Lemaire et Schouten ne formaient qu'une île assez limitée, les côtes vues par Tasman reçurent alors le nom de Nouvelle-Zélande, pour les distinguer de celles de Lemaire.

On ignore quel fut le premier qui leur imposa ce nom; quoi qu'il en soit, il a prévalu, et c'est celui qui est resté à ces grandes îles australes.

Un vieillard fort âgé, des bords du Shouki-Anga, raconta, en 1820, aux marins du *Dromedary*, qu'il tenait de son père qu'à une époque fort ancienne, un canot monté par des hommes blancs, et armé de mousquets sans ressorts, était entré dans la rivière. Longtemps après ces événements, un navire s'était perdu sur la côte; l'équipage d'un canot, étant venu à terre pour prendre des provisions, fut massacré par les naturels. Personne ne vit les débris de ce naufrage. Ces traditions auraient-elles quelque fondement, ou bien ne seraient-elles qu'un souvenir confus et altéré par le temps, du passage de Tasman sur les côtes de ces îles?

Cependant, près de cent trente années s'écoulèrent après la découverte de Tasman, avant qu'on connût autre chose de ces terres que leur existence. Leur forme, leur étendue, leur production, les mœurs, les coutumes et le langage de leurs habitants, étaient encore autant de problèmes pour les géographes. Il était réservé à l'immortel Cook de les résoudre. Le 6 octobre 1769, la côte orientale de la Nouvelle-Zélande fut reconnue à bord de *l'Endeavour*, près de la baie Taone-Roa, l'endroit que Cook nomma cap Young-Nicks. Six mois d'une navigation laborieuse et intrépide donnèrent à ce grand capitaine le moyen de tracer une carte complète de la configuration de ces côtes. Le premier, il constata que la Nouvelle-Zélande se composait de deux grandes îles d'égale étendue à peu près, et que séparait un canal étroit; il découvrit plusieurs mouillages, savoir : ceux de la baie de Pauvreté, de Tolaga, de la baie Mercure, de la rivière Tamise, de la baie des Iles, du canal de la Reine-Charlotte, et de la baie de l'Amirauté. Ses compagnons, Banks et Solander, donnèrent d'utiles renseignements sur les mœurs et les coutumes des habitants, comme aussi sur toutes les productions du pays.

Tandis que Cook, au mois de décembre 1769, reconnaissait la côte nord-est de Ika-Na-Mawi, le navigateur Surville était mouillé dans la vaste baie d'Oudan-Oudan, dont il traça le plan estimable pour son temps, mais aujourd'hui bien imparfait. Du reste, cette expédition ne rendit guère d'autres services aux connaissances humaines. Nous regrettons même d'être obligé de dire que la conduite injuste et violente du capitaine français envers le chef Naguinoui fut peut-être la première cause des actes de cruauté que les Européens eurent à essuyer dans la suite de la part des habitants de Wangaroa. Surville est probablement le navigateur dont le nom est resté dans la mémoire des naturels sous le titre de *Slivers*.

Deux ans plus tard, son compatriote Marion conduisait ses navires dans les mêmes parages. Il atterrit devant le cap Egmont le 24 mars 1772; comme Tasman, il prolongea la côte ouest d'Ika-Na-Mawi, doubla le cap Nord, et vint mouiller le 4 mai dans la baie des Iles. Les vaisseaux français avaient éprouvé des avaries considérables, et Marion voulut profiter des bonnes dispositions des naturels et des beaux bois de mâture qui croissaient dans leurs forêts pour réparer ces avaries. Durant quarante jours environ, la bonne intelligence qui régnait entre les insulaires et les Européens ne fut pas un seul instant troublée; la confiance de ceux-ci envers leurs hôtes était parvenue au plus haut degré d'abandon et de sécurité. Mais, dans les journées du 12 et du 13 juin, Marion fut massacré, ainsi que vingt-sept hommes des deux équipages, sans qu'aucun motif eût pu, même en apparence, provoquer cet affreux attentat de la part des Nouveaux-Zélandais.

Déjà Rœhen, en donnant au public le récit du voyage de Marion, avait attribué cette catastrophe à l'injuste conduite tenue par Surville, deux ans auparavant, à l'égard de Nagui-noui. Son opinion acquerra un nouveau degré de vraisemblance, quand on saura que les habitants de la baie des Iles ont déclaré d'une voix unanime que Takouri, l'auteur principal du meurtre de Marion et de ses compagnons, appartenait, ainsi que ses guerriers, à la tribu de Wangaroa.

Naguinoui était de ce pays, et peut-être parent de Takouri;
alors la vengeance de celui-ci n'avait rien que de juste et
d'honorable, suivant les idées reçues par ces peuples. Il est
même possible que Takouri ne se soit porté à cet acte indis-
pensable de satisfaction, que lorsqu'il aura été bien convaincu
que Marion appartenait à la même nation que Surville; et
cette raison pourrait expliquer comment la conduite, en
apparence la plus affectueuse et la plus hospitalière de la
part de ce chef, fit tout à coup place à la plus atroce barbarie.

Quoi qu'il en soit, les Français, à leur tour, vengèrent
d'une manière éclatante le meurtre de leurs compatriotes;
plusieurs villages furent livrés aux flammes; des centaines
de naturels payèrent de leur vie leur perfidie; et encore
aujourd'hui leurs descendants ne parlent de cet événement
qu'avec une terreur respectueuse.

Ce fut à Marion que les habitants de la baie des Iles
durent la plupart des plantes potagères dont leur sol est
actuellement couvert, telles que navets, raves, oignons,
choux, etc. Les sauvages en ont gardé le souvenir, et ils
en rendent témoignage aux étrangers. Il paraît qu'ils n'ont
dû les cochons qu'à des voyages beaucoup plus récents.

Duclesmeur et Crozet, capitaines des deux navires français, quittèrent la baie des Iles le 14 juillet 1772. Cette
expédition n'ajouta rien à la géographie de la Nouvelle-
Zélande, mais on dut à Crozet des détails précis sur les
mœurs et les coutumes de ses habitants, comme sur les
diverses productions du sol. Il est même juste de dire que

les observations recueillies par cet officier furent beaucoup plus complètes et plus exactes que celles qui résultaient déjà du premier voyage de Cook.

Dans son second voyage, au mois de mars 1773, Cook ramène ses vaisseaux sur les côtes de la Nouvelle-Zélande, et découvre la baie Dusky. Il relâche ensuite dans le canal de la Reine-Charlotte et y dépose cette fois des cochons et des chèvres. Cinq mois plus tard, il paraît sur la côte de Ika-Na-Mawi, près de Black-Head; il gratifie deux chefs de ces cantons d'une foule d'animaux et de plantes utiles; puis il fait une nouvelle station dans le détroit, qui porte son nom.

De son côté, son compagnon Furneaux mouille à Tolaga, puis au canal de la Reine-Charlotte, où les naturels massacrent dix hommes de son équipage. Enfin Cook mouille une troisième fois sur ce point, au mois d'octobre 1774, et y passe une vingtaine de jours. Les observations des deux Forster jettent une vive lumière sur les productions naturelles de la Nouvelle-Zélande; mais l'état moral, politique et religieux des habitants, demeure presque inconnu. Ces deux savants restèrent surtout dans une ignorance complète touchant les idées religieuses de ces peuples.

En février 1777, lors de son troisième voyage, Cook mouille encore dans le canal de la Reine-Charlotte. Le chirurgien Anderson ajoute quelques détails relatifs aux habitudes des naturels, et le capitaine remarque les idées superstitieuses des Zélandais sur leur chevelure.

Au mois d'octobre 1791, Vancouver relâcha à la baie Dusky; mais son séjour dans ce havre n'ajouta presque rien

à ce que Cook avait fait. Vancouver ne vit même aucun
habitant de cette contrée.

Le commandant d'Entrecasteaux, en mars 1793, reconnut
les îles des Rois et la côte septentrionale de Ika-Na-Mawi,
dans une étendue de vingt-cinq milles environ, avec son
exactitude accoutumée. On communiqua avec les naturels;
mais il n'en résulta aucun document nouveau.

Le mois suivant, le capitaine Anson, du *Dœdalus*,
revenant de porter des vivres à l'expédition de Vancouver,
enlève deux naturels, Oudan et Touki, dans le voisinage
de Wangaroa, et les conduit à l'île Norfolk. Le but des
Anglais était de se procurer de la part de ces insulaires,
des instructions positives pour extraire le chanvre du *phormium*. Leur espoir, à cet égard, fut trompé; mais on obtint
de Touki et d'Oudan des renseignements curieux sur leur
pays. Les bons procédés du gouverneur King envers ces
insulaires devinrent aussi le principe des dispositions favorables de leurs compatriotes à l'égard des Européens.

Le gouverneur King eut la complaisance de reconduire
lui-même ces deux sauvages dans leur patrie, en novembre
1793. Leurs relations firent connaître qu'à cette époque,
Mandi-Waï commandait à Oudan-Oudan, Pawariki à Tara-
writi, et Tekoke à Moudi-Moutan.

Deux ans après, en décembre 1795, le capitaine Dell,
du *Fancy*, mouilla sur la baie d'Oudan-Oudan, et trouva
Touki et sa femme en bonne santé.

Ce fut à peu près vers cette époque que les baleiniers et
surtout les pêcheurs de phoques commencèrent à fréquenter

les côtes de la Nouvelle-Zélande. On dut à quelques-uns
de ces aventuriers la découverte du détroit de Foveaux, qui
sépare l'île Stewart de Tawaï-Pounamou, la transformation
de l'île Banks de Cook en une simple presqu'île, et la découverte des havres Milford, Chalky, Préservation, Macquarie,
Molineuse, Williams, Pégazus, etc.

Des relations plus fréquentes et plus intimes s'établirent
entre les Européens et les Nouveaux-Zélandais. On reconnut
que, si ces derniers étaient des hommes fiers, irascibles et
implacables dans leurs vengeances, ils pourraient, traités
avec douceur, devenir des amis sûrs, dévoués et constants.
Malheureusement, et cela n'était que trop fréquent, leurs
hôtes manquaient de procédés, et les traitaient plutôt en
esclaves qu'en alliés. Ordinairement la terreur des armes à
feu comprimait l'indignation des insulaires; mais, dès qu'ils
en trouvaient l'occasion, ils se hâtaient de venger leurs
injures, d'après leurs idées d'honneur, en massacrant leurs
ennemis et dévorant leurs corps. Toutefois, ils accueillirent,
en général, avec joie les Européens, charmés de pouvoir
se procurer par eux les outils en fer qui leur étaient si
nécessaires. En outre, quand ils eurent commencé à reconnaître la supériorité des armes à feu, ils firent toutes sortes
de sacrifices pour en obtenir; et les premiers fusils vendus
par les baleiniers et les pêcheurs de phoques, tout défec-
tueux qu'ils étaient, furent quelquefois payés au prix de
trente ou quarante cochons et de plusieurs centaines de
corbeilles de patates.

II

Description géographique des côtes de la Nouvelle-Zélande.

Passant à la description géographique du pays qui nous occupe, M. Dumont d'Urville continue : Les géographes sont convenus de désigner, sous le nom de Nouvelle-Zélande, les grandes îles australes renfermées entre le 161° et le 165° de longitude à l'est de Paris, qui s'étendent depuis le 34° 12' jusqu'au 48° de latitude sud.

Il s'en faut de beaucoup néanmoins que ces îles occupent la majeure partie de la surface indiquée par cette espèce de trapèze. Leur superficie se réduit à peu près à celle d'une bande de terre de seize cents kilomètres environ de longueur sur cent à cent vingt kilomètres de largeur moyenne.

Cette bande est interrompue vers son centre par un canal (détroit de Cook), dont la largeur varie de vingt à cent kilomètres; elle est, en outre, disposée de manière à former un arc très-courbé dont la concavité se présente au nord-ouest.

De cette partie soufflent aussi les vents les plus fréquents et les plus furieux dans ces parages, et il n'est pas douteux que c'est à leur action qu'est due la configuration des côtes de la Nouvelle-Zélande. Sans cesse répétée pendant la durée des siècles, cette action des vents sera parvenue, à la longue, à pratiquer le canal qui sépare cette terre en deux îles pour laisser à cet endroit un libre cours aux flots de la mer continuellement chassés vers le sud-est.

Nulle part, dans le monde, les vents ne règnent avec autant de fureur que sur ces côtes, et les anciens, s'ils les avaient connus, y auraient certes établi l'empire d'Eole. Quant aux navigateurs appelés à fréquenter ces côtes orageuses, ils ne sauraient apporter trop de vigilance dans leurs manœuvres.

Tasman, le premier, éprouva la violence des vents qui règnent dans ces parages; Cook, dans sa belle reconnaissance, manqua plusieurs fois d'en être la victime. Ils mirent Surville à deux doigts de sa perte, et ils n'épargnèrent point Marion. En janvier, février et mars 1823, qui forment l'été de ces contrées, le schooner, *le Snapper*, fut accueilli, près du détroit de Foveaux, par des ouragans furieux.

La Coquille, en 1823, eut un rude échantillon de ces tourmentes; enfin des bourrasques terribles, en plein été, tourmentèrent cruellement l'*Astrolabe*.

Mais passons à la description géographique des côtes.

Les premières terres qui, du côté est, annoncent l'approche de la Nouvelle-Zélande, sont les *Embûches (Snares)*, qui forment un groupe de sept petites îles escarpées, occupant un espace de six milles environ.

Le cap Sud de Cook forme aujourd'hui la pointe la plus australe d'une île qui a pris le nom de *Stewart* et qui s'est trouvée détachée de Tawaï-Pounamou, par la découverte du détroit de Foveaux, lequel a une largeur assez uniforme de dix à douze milles.

À l'est, une chaîne de petites îles — îles *Bench*, qui s'étendent devant le port Williams, — puis un groupe considérable d'autres îles situées au sud du port Macquarie, barrent presque entièrement le détroit de Foveaux, et ne laissent guère entre elles qu'un passage de trois ou quatre milles d'ouverture.

Nous voilà arrivé sur la côte de la grande île méridionale qui a reçu le nom de Tawaï-Pounamou. Nous partirons du port Macquarie, et nous ferons le tour entier de l'île en nous dirigeant d'abord à l'ouest, puis au nord.

À vingt-cinq milles à l'ouest-nord-ouest du port Macquarie, on voit le petit village d'où proviennent sans doute les familles isolées que Cook rencontra dans la baie Duski.

À vingt milles ouest-sud-ouest de ce village, se trouve l'île élevée et stérile que Cook nomma île *Solander* laquelle se compose de deux îlots distincts.

À vingt-cinq milles ouest-nord-ouest du même village, la rivière Windsor décharge ses eaux dans la mer; c'est le seul cours d'eau que l'on remarque sur cette côte; il peut porter des chaloupes.

Toute cette partie de la côte offre des montagnes escarpées d'une hauteur considérable, et souvent couvertes de neige au sommet. Les vallées et même les plateaux élevés sont couverts de bois.

À treize milles de la rivière Windsor, se trouve l'entrée de la baie Préservation, qui n'est qu'un chenal dirigé à l'est-nord-est, puis au nord, de douze ou quinze milles de longueur sur trois ou quatre de large.

La baie Chalky n'est séparée de la précédente que par une presqu'île peu considérable ; elle s'étend à quinze ou seize milles dans les terres, et contient une foule de bons mouillages pour toute espèce de fonds ; une quantité de ruisseaux et de cascades y offrent de belles aiguades ; elle tire son nom d'une île de craie qui se trouve au milieu de son entrée.

Une nouvelle presqu'île sur laquelle se trouve le cap Ouest de la Nouvelle-Zélande, sépare la baie Chalky de la baie Dusky de Cook.

Celle-ci forme une espèce de labyrinthe d'îles et de canaux où l'on rencontre les meilleurs mouillages du monde. Elle s'étend l'espace à peu près de quinze milles du nord au sud, et autant de l'est à l'ouest.

Le terrain qui environne la baie Dusky est montueux et couvert d'arbres et de broussailles ; à l'intérieur, s'élèvent des montagnes d'une hauteur étonnante, avec des sommets pelés ou couverts de neige.

A partir de cette baie, la côte de Tawaï-Pounamou court assez uniformément au nord-ouest. Elle continue d'être raide et montueuse. Cook y signale quelques points particuliers ; la baie Douteuse, la baie Trompeuse, la Pointe des rochers entre 45° 16' et 44° 20' de latitude sud ; mais l'*Astrolabe* commence ses explorations par 42° 20' de latitude sud et fournit des positions plus positives.

Depuis cette hauteur jusqu'au cap Foul-Wind, la côte

court au nord-nord-est. Elle est escarpée et médiocrement boisée, avec de hautes montagnes par derrière.

Le cap Foul-Pointe est beaucoup plus remarquable que Cook ne l'a figuré et forme une vallée de six à sept milles de largeur. Des bois magnifiques la couvrent en grande partie, et quelques clairières, tapissées de gazon, annoncent la fertilité du sol.

Bientôt la côte se relève en falaises escarpées et peu boisées pour courir au nord-est-nord l'espace de vingt milles environ.

Elle s'abaisse encore par 41° 25' de latitude sud, se relève de nouveau et court presque droit jusqu'à la pointe du rocher de Cook.

Au delà, elle se dirige au nord-est dans une étendue de trente-cinq milles jusqu'au cap Farewell; elle prend un ton moins sauvage; les mouvements du sol s'adoucissent; parfois même on aperçoit des grèves de sable d'un aspect agréable.

L'expédition de *l'Astrolabe* a fait connaître deux bons mouillages sur la côte occidentale de la baie Tasman, savoir: l'anse de l'Astrolabe et celle des Torrents.

La baie Tasman offre de belles forêts et de nombreux torrents d'une eau très-limpide. Elle est terminée, dans le sud, par de vastes plaines qu'environnent, dans le lointain, de hautes montagnes couronnées de neiges éternelles.

Cette grande baie communique par un canal, le canal des Courants, et, par une passe étroite et dangereuse, la passe des Français, avec la baie de l'Amirauté.

La passe des Français sépare de la grande terre, l'île
d'Urville, longue de vingt milles environ sur cinq ou six
milles de large. Cette île est très-montueuse et couverte de
forêts; cependant elle offre quelques villages sur sa bande
orientale. Au nord, elle est terminée par le cap Stephens,
et accompagnée de quelques petites îles.

La baie de l'Amirauté, qui vient à l'est de celle de Tasman,
a quinze milles environ de largeur sur une profondeur à
peu près égale. L'étendue du bras qui se dirige au sud-ouest
des îles Gaimard est encore inconnue. Sur les bords de cette
baie, les terres sont généralement fort incultes.

Les caps Jackson et Koamaro, distant l'un de l'autre de
huit milles, forment l'entrée du canal de la Reine-Charlotte,
si bien connu par les diverses relâches du célèbre Cook. Une
foule de criques et d'anses y présentent des mouillages meilleurs les uns que les autres. Ce canal s'enfonce à vingt-cinq
milles au loin dans les terres, et pénètre peut-être plus
avant encore; il ne serait pas impossible qu'il se réunit à
quelque ramification de la baie de l'Amirauté ou de la baie
Claudy.

Depuis le cap Koamaro, la côte, qui est fort abrupte, court
l'espace de vingt-deux milles au sud-sud-ouest, jusqu'à
l'entrée de la baie Claudy qui a cinq milles environ d'ouverture. Le cap Campbell, situé à douze milles à l'est-sud-
est de cette baie, forme l'extrémité nord-est de Tawaï-Pounamou, et se termine par une pointe basse que précède un
terrain plus élevé.

A partir de ce cap, la côte fuit au sud-ouest, et nous

sommes contraints de nous contenter de ce que nous a dit
Cook, qui ne la vit que de loin et fort imparfaitement. Par
43° 45' latitude sud, Cook rencontra une terre assez considérable, à peu près circulaire et médiocrement haute, qu'il
crut séparée de Tawaï-Pounamou, et à laquelle il donna
le nom d'île Banks.

Par 46° 24' latitude sud environ, la carte de Cook indique
un enfoncement sous le nom de havre Molineux, et son
texte annonce qu'il vit des fumées aux environs.

Nous venons de terminer la revue complète de Tawaï-
Pounamou, et cette revue démontre que nos connaissances
sont bornées au littoral, où souvent même elles sont fort
incomplètes. La côte occidentale de cette grande île est
déserte, ce n'est qu'à l'est du cap Farewell d'une part, et à
l'ouest de l'autre, que les habitants commencent à paraître.
Sans aucun doute, cela tient aux vents furieux de l'ouest
qui désolent la côte occidentale, et en rendent le séjour peu
agréable à l'homme; tandis que les hautes montagnes de
l'intérieur protégent la côte orientale contre la violence de
ces vents. Cette disposition naturelle du sol doit, en outre,
établir une grande différence entre la température habituelle
de ces deux côtes; nous en éprouvâmes nous-mêmes les
effets lors de notre navigation sur *l'Astrolabe* en 1827.

Avant de passer à l'île Ika-Na-Mawi, nous dirons d'abord
quelques mots du détroit de Cook qui la sépare de Tawaï-
Pounamou.

Ce détroit, qui a près de trente lieues de large entre les
caps Farewell et Borell, affecte une direction générale du

nord-ouest au sud-est, en se resserrant promptement et graduellement pour former une espèce d'entonnoir qui n'a guère
plus de dix milles de large dans l'endroit le plus resserré,
entre le cap Poli-Wero et le morne des Eboulements. Au
delà de ce point, il s'élargit de nouveau avec rapidité, et
n'a pas moins de quarante milles d'ouverture à son
entrée du côté du sud, entre les caps Kawa-Kawa et
Campbell.

La baie Inutile, large de vingt milles environ sur dix de
profondeur, est entièrement ouverte aux vents du sud, et
le ressac est si violent au rivage que le canot de *l'Astrolabe*
ne pût y trouver un point, où l'on pût débarquer en sûreté.
Le fond de cette baie est occupé par un terrain fort bas où
se trouve un lagon. Entre le cap Taura-Kira et la partie
méridionale du cap Poli-Wero, la côte forme un nouvel
enfoncement où *l'Astrolabe* crut apercevoir des îles et des
presqu'îles.

Le cap Borell est un des quatre grands caps d'Ika-Na-
Mawi, et le mont Egmont, en langue du pays Pouke-e-
Anpapa, qui le couronne, forme un pic isolé très-remar-
quable. Les premiers navigateurs avaient cependant fort
exagéré son élévation en l'assimilant au pic de Ténériffe,
s'il est vrai qu'il n'ait que sept mille pieds.

Sur la partie nord du cap Borell, une pointe terminée
en pain de sucre s'avance au large, et tout auprès sont de
petites îles que Cook nomma îles du Pain-de-Sucre.

A dix-huit milles au nord d'Albastros-Point, se trouve
Woody-Head, autre pointe couverte de bois, qui s'élève

doucement de la mer, jusqu'à une hauteur considérable ;
c'est derrière cette pointe que se place l'embouchure de
Waï-Kato, rivière célèbre du pays, qui, au dire des habitants du nord, s'enfonce à une distance considérable dans
les terres, et dont les eaux arrosent des cantons fertiles et
très-peuplés.

A partir de Woody-Head, la côte d'Ika-Na-Mawi commence à courir assez régulièrement au nord-nord-ouest jusqu'au cap Reïnga ; elle est en outre généralement occupée
par des dunes de sable de l'aspect le plus triste et le plus
lugubre.

Nous ne dirons qu'un mot des îles Manawa-Tawi, petit
groupe situé par 31° 12' latitude sud, et 169° 48' longitude
est, et qui se compose de trois îlots, accompagnés de plusieurs
rochers dépouillés ; l'un d'eux est cependant habité et cultivé
en certains endroits. L'étendue du groupe entier n'est pas
de plus de six milles en longueur, suivant d'Entrecasteaux.

En langue du pays, *tawi* exprime la suite des lames qui
viennent se briser à la plage, et *manawa* indique un souffle
violent. La réunion de ces deux mots fait allusion à l'effet
des fortes houles poussées à la plage par la tempête, et
indique le ressac violent, qui règne communément sur ces
rochers isolés au milieu des flots.

Du cap Reïnga au cap Otan, la direction générale de la
côte est est-nord-est ; elle est escarpée et d'une hauteur
médiocre.

Le cap Otan ou cap Nord fait partie d'une presqu'île de
cinq ou six milles de circonférence, nommée par les naturels

Mandi-Wenana, et qui se termine au nord de Ika-Na-Mawi, en ne tenant au reste de l'île que par un isthme étroit et sablonneux.

Désormais la côte, jusqu'au mont Ohoura, n'est plus qu'une suite de dunes de sable d'une blancheur éblouissante, et sa concavité forme cette vaste baie que Cook nomma Sandy-Bay, et sur laquelle on trouve fond jusqu'à une grande distance de terre.

Immédiatement au sud du mont Ohoura, se trouve la baie Nanga-Ounan, dont le fond doit presque atteindre la côte occidentale de Ika-Na-Mawi.

Une presqu'île étroite, terminée par la pointe Kari-Kari et de petites îles, sépare la baie de Nanga-Oudan de celle d'Oudan-Oudan.

A onze milles au sud-ouest-ouest de la pointe Surville, se trouve l'entrée de la belle baie de Wangaroa, large à peine d'un quart de mille à son ouverture, mais qui s'élargit bientôt en un vaste bassin de cinq ou six milles de longueur, où pourraient mouiller toutes sortes de navires, par six et dix brasses d'eau. Le fond de la baie se termine par des marécages; mais, au nord et au sud, les côtes sont escarpées et présentent, en regard l'une de l'autre, deux montagnes fort remarquables.

La petite île Didi-Houa, située à trois milles de l'entrée de cette baie, contribue à la défendre de la houle du large, et l'on peut mouiller entre elle et la terre.

A cinq ou six milles à l'est de Didi-Houa, vient un groupe d'une quinzaine d'îlots de quatre milles d'étendue; le plus

grand, qui n'a pas plus de trois ou quatre milles de
circuit, se nomme Motou-Kawa, et celui qui le suit, beaucoup plus petit, se nomme Panake.

Entre ce groupe et la terre, est un canal à peine large
d'un demi-mille, praticable pour les petits navires seulement.

A seize milles à l'est de l'entrée de Wangaroa, se trouve
la pointe Ngataka-Barangui, qui peut se reconnaître à trois
rochers situés dans les terres. Quatre milles plus loin, est le
cap Wivia, qui est une des pointes de l'entrée de la baie
des Iles. Contre ce cap, sont trois petits îlots, dont le plus
large, qui porte le nom de Tiki-Tiki, n'est qu'un rocher
noir, dépouillé et planté debout comme une pyramide.

La baie des Iles n'a pas moins de dix milles d'ouverture
entre les deux caps Wivia et Kakan-Manga-Manga, sur
une profondeur moyenne de huit milles. Ouverte comme
elle l'est aux vents du nord-est, elle serait peu sûre, si les
nombreuses îles et presqu'îles qui s'y trouvent dispersées
ne formaient d'excellents mouillages pour les navires.

Sur la côte du nord, se trouve la petite anse de Rangui-
Hau, fort commode pour les petits navires qui s'y tiennent
toujours en appareillage. Suivent les îlots de Tepahi, puis
le port de Tepanna, beaucoup mieux fermé que le précédent.

Sur la côte occidentale, on remarque d'abord le canal de
Kidi-Kidi, impraticable aux navires, mais très-utile pour les
communications en pirogues avec l'intérieur, l'île Motou-Roa
avec les îlots dépouillés qui l'accompagnent à l'est, et l'entrée de la rivière Waï-Tangui.

Enfin sur la côte du sud-est, se trouvent l'embouchure

du Kawa-Kawa, celle du Waï-Kadi, une presqu'île fort
avancée qui forme de bons mouillages sur la côte occidentale, dans les anses de Karora-Keka et Mata-Ouwi, et que
termine la pointe Tapeka. L'anse de Paroa ne peut recevoir
que des embarcations, mais la baie de Manawa est très-
sûre et fort commode pour des navires qui ne dépassent
pas trois ou quatre cents tonneaux, car des bancs de sable,
situés devant l'entrée, en interdisent l'accès à de plus forts
bâtiments.

Une nouvelle presqu'île fort étroite sépare la baie Ma-
nowa de la baie Rawiti, où Marion mouilla le premier.
Celle-ci forme un vaste bassin abrité des vents du large
par les îles Motou-Arohia, Motou-Dona, Motou-Kiakia et
une foule d'autres qui ont valu à cette baie le nom que
Cook lui a donné.

La baie des Iles est un des points les plus peuplés de la
Nouvelle-Zélande.

Le cap Tewara, avec la pointe nord de l'île Otea, forme
l'entrée de la baie Souraki, qui a plus de soixante-dix
milles de profondeur, sur une largeur moyenne de vingt à
vingt-cinq milles. Devant l'ouverture de ce golfe, sont les
îlots de Moka-Inav, le Fanal, le Navire, les îles élevées
de Maro-Tiri et Taranga, et le rocher escarpé de Tontaurou.

Entre les presqu'îles Malte-Brun et Buache, la baie
Gauttier contient plusieurs îlots et sans doute de bons
mouillages. Entre la presqu'île Buache et l'île Tive-Tira-
Matangui, est un canal sûr qui conduit à un vaste et beau
bassin.

Entre Rangui-Tota et la presqu'île de Taka-Pouni, commence le beau canal de l'Astrolabe, qui court ensuite dans une étendue de vingt-cinq milles entre les côtes de la grande terre et les îles de l'ouest, avant d'aboutir dans la baie Souraki.

Le canal de Waï-Tamata se dirige à l'ouest et débouche dans un vaste bassin, séparé, par des isthmes fort étroits, de la mer occidentale et d'une branche de Kaï-Para.

La grande et verdoyante île de Waï-Heka borne au nord et au nord-ouest le canal de l'Astrolabe, tandis qu'à l'est l'île Po-Nouï le divise en deux branches. Celle qui coule au nord est seule praticable pour les navires.

Au sud de la baie de Souraki, règne une pointe très-saillante, accompagnée de plusieurs îlots rapprochés de terre que Cook nomma îles *Mercure*.

Immédiatement au sud de la pointe Mercure, se trouve l'entrée de la baie Witi-Anga, qui offrit un bon mouillage à Cook.

La côte qui vient à la suite de la baie Mercure est très-imparfaitement connue.

Le mont *Edgecumbe*, sommet conique reconnu par *l'Astrolabe*, d'une élévation médiocre et à trois milles du rivage, n'est remarquable que par son isolement au milieu d'une plaine immense.

Au nord-nord-est de ce mont, à dix milles de distance, se trouve l'île de Matou-Ora, qui n'a pas plus de trois milles de circuit, bien qu'elle soit dominée par un piton d'une grande hauteur.

A dix-huit milles de Matou-Ora, s'élève l'île Pouhia-i-Wakadi, couverte de fumées épaisses, et de quatre ou cinq milles de tour; c'est un volcan en activité.

Le vaste enfoncement terminé à l'ouest par le cap Moé-Kao, et à l'est par le cap Runaway, reçut de Cook le nom de *Pleschy-Bay* ou *baie d'Abondance.*

Ce cap est formé par une presqu'île élevée, presque entièrement détachée de la terre, et terminée, au nord, par une pointe fort déliée.

Le cap de Cook est peu éloigné de cette pointe, son vrai nom est Waï-Apou.

La baie Tako-Malou, où mouilla Cook (39° 9' latitude sud), n'est qu'une anse assez prononcée dans la côte, mais fort peu abritée contre les vents et les houles du large.

A douze milles au sud, se trouve la petite baie de Houa-Houa, qui présente un meilleur abri contre tous les vents, ceux du nord-est exceptés.

A huit milles de cette baie, le cap Gable, vu du large, présente l'aspect du pignon d'une maison.

La côte ensuite est escarpée et boisée, jusqu'à la presqu'île de Tera-Kako, longue de quinze milles du nord au sud.

La petite île Tea-Houra, située au sud de Tera-Kako, n'en est séparée que par un canal d'un demi-mille de largeur. Tea-Houra forme la pointe nord-est de la vaste baie d'Hawke, qui n'a pas moins de quarante milles d'ouverture.

Le cap Mata-Mawi termine au sud-ouest la baie d'Hawke, c'est une pointe élevée, abrupte et dépouillée, en forme de coin posé sur la côte. La côte qui le prolonge s'abaisse en grèves sablonneuses d'un aspect agréable.

A partir de ce point, la terre continue de courir assez uniformément au sud-sud-ouest, sans offrir aucun incident remarquable.

Les montagnes s'élèvent à mesure qu'on approche du cap Kawa-Kawa, et le rivage n'est qu'une lisière étroite, d'un terrain bas où se distinguent çà et là quelques fumées.

Partout la mer brise avec force sur cette plage uniforme.

Tel est le vaste théâtre sur lequel vont se dérouler les principaux événements de notre récit.

GEORGES BERTRAND

ou

DIX ANS A LA NOUVELLE - ZÉLANDE

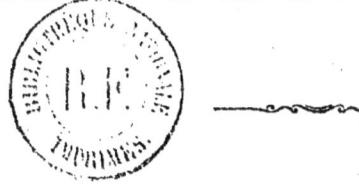

PREMIÈRE PARTIE

Aventures de mer.

I

Grand, vigoureux et bien pris, Georges Bertrand possédait une de ces physionomies heureuses, où se reflètent, comme dans un miroir, les qualités d'un cœur généreux et d'un esprit juste et sagement réglé.

Nicolas Bertrand, son père, cumulait, à Saint-Malo, la double industrie d'horloger et de constructeur d'instruments d'optique et de marine.

Ouvrier habile, travailleur infatigable, Nicolas n'avait pas manqué d'occasions pour s'enrichir. Par malheur, la poursuite de certaine invention, ou plutôt de certaine amélioration dans la science alors si peu avancée de la mécanique, non-seulement ne lui avait pas permis de rien épargner, mais encore avait fini par nuire à son commerce. Au moment où commence cette histoire, c'est à peine si le produit de sa boutique pouvait suffire à ses besoins journaliers et à ceux de Georges.

Cet état de gêne n'avait point empêché le brave homme de procurer à son fils unique les leçons nécessaires à le pousser dans la voie où il marchait lui-même.

Pressentant les immenses découvertes qui allaient donner une nouvelle impulsion aux sciences physiques, il pensait avec raison que sa profession offrait un avenir certain et peut-être glorieux à un homme doué, comme l'était Georges, d'une aptitude remarquable pour les mathématiques.

Ses efforts, ses essais, n'étaient à ses yeux qu'une sorte de prélude aux efforts, aux succès de l'enfant. Il lui préparait la voie, et là où il sentait qu'avec les seules ressources de son savoir et de son temps, il ne pouvait que tâtonner, il ne doutait pas que Georges ne marchât sûrement à une réussite éclatante.

Cette certitude le soutenait dans la lutte, le consolait de bien des déboires et lui rendait doux et faciles les plus pénibles sacrifices.

Georges, malheureusement, n'était pas d'un caractère à rester assis de longues heures devant un établi, à étudier le mécanisme d'une montre ou à ajuster le verre d'un télescope.

La perspective de se signaler un jour par quelque grande découverte, celle plus modeste, mais non moins enviable, de se rendre utile par quelque invention pratique, lui semblait trop chèrement payée par les longues années de recherches patientes et de travail sédentaire qui eussent pu le conduire à cet honneur.

Plein de respect et de déférence pour son père, il luttait souvent contre l'instinct naturel qui le poussait vers les agitations d'une vie active ; il s'efforçait de se persuader à lui-même que la boutique paternelle était ce qu'il y avait de mieux pour assurer son avenir.

En dépit de sa bonne volonté, il ne pouvait vaincre la répulsion qui l'en éloignait.

Tous les moments dont il pouvait disposer, il les passait sur le port, suivant d'un œil attentif et déjà expérimenté les évolutions des navires qui entraient ou qui sortaient.

Il se mêlait aux marins pour les interroger, non comme le font d'ordinaire les enfants, sur les pays lointains et merveilleux qu'ils ont visités, mais sur la mer elle-même, sur les devoirs, les émotions, les périls et la gloire de la vie du marin.

Dès l'âge de douze ans, il s'ouvrit à son père sur l'attrait invincible que la mer avait pour lui :

— Si vous ne me permettez pas de m'embarquer, lui dit-il, je sens que je manquerai mon avenir : ma vraie carrière est là.

Bien qu'il s'attendît à recevoir un jour ou l'autre cette confidence, le bonhomme en fut littéralement bouleversé.

Il hasarda quelques objections.

Georges protesta de son obéissance, de son respect ; jamais, assura-t-il, il ne ferait rien qui pût déplaire à son père, mais il serait malheureux.

Il y avait dans la parole de l'enfant quelque chose de si résolu, et de si soumis à la fois, qu'un cœur moins tendre que celui de Nicolas se fût senti touché.

— Tout en regrettant, dit-il enfin, que tu ne te sentes ni le vouloir, ni le courage de marcher, comme je l'avais espéré, sur les traces de l'immortel Pascal (1), je me croirais coupable

---

(1) Né à Clermont-Ferrand en 1623, Pascal (Blaise) marqua chacun de ses pas dans la carrière scientifique par quelque importante découverte. Il composa, à l'âge de seize

de t'empêcher de suivre celles de notre illustre Cartier (1). Je consens dor : à ton embarquement; mais à une condition, c'est qu'avant de songer à prendre la mer, tu compléteras les études nécessaires à y parcourir une carrière honorable et utile.

Georges avait assez de bon sens et d'intelligence pour se rendre compte de la sagesse de ces paroles ; il savait que, si l'instruction est bonne partout, elle est nécessaire surtout à un marin.

Il se mit donc au travail avec autant d'ardeur que d'assiduité, et, stimulé par le désir de rapprocher le plus possible le moment où tous ses vœux se réaliseraient, il fit des progrès si rapides qu'à seize ans, il avait parcouru — et parcouru avec de brillants succès — tout le programme de l'école qu'il fréquentait.

Nicolas, de son côté, tint loyalement sa promesse : lui-même, il procura à son fils un engagement de deux années à bord d'un bâtiment côtier commandé par un des hommes les plus honorables et des marins les plus expérimentés de Saint-Malo.

L'apprentissage de la mer était peut-être plus dur que l'enfant unique et choyé du paisible horloger ne l'avait pensé; mais, à côté des inconvénients qu'il n'avait pu prévoir, que de compensations, que de motifs d'intérêt, que d'espérance d'avenir que la pratique seule lui avait révélés.

ans, un *Traité des sections coniques;* inventa, à dix-huit ans, la *roulette* ou machine arithmétique, par laquelle on exécute sans plume et sans jetons, les calculs les plus compliqués; créa le *triangle arithmétique*, véritable clef d'une foule de problèmes; enfin posa, en 1654, les bases du *calcul des probabilités*.

En physique, son esprit ne fut pas moins inventif : Toricelli, disciple de Galilée, avait inventé le baromètre et poursuivait ses recherches sur le vide; Pascal compléta les recherches de Toricelli (1647).

En mécanique, ce génie transcendant imagina plusieurs applications usuelles qui doivent rendre son nom aussi familier et aussi cher à l'homme de peine qu'il l'est, par ses autres œuvres, à l'homme de la pensée : les ouvriers lui doivent *la brouette* et le *haquet*, deux véhicules d'un usage journalier.

Pascal fut de plus le premier écrivain de son siècle.

(1) Jacques Cartier, une de nos gloires maritimes, naquit à Saint-Malo en 1491, découvrit le Canada en 1534, explora le pays et remonta le Saint-Laurent jusqu'à l'endroit où l'on bâtit Montréal.

Après chaque voyage, il revenait donc chez son père, plus résolu non-seulement à poursuivre la carrière qu'il avait librement choisie, mais à se rendre capable et digne de la parcourir avec honneur.

La nécessité de la discipline et de l'obéissance absolue pour les inférieurs, celle du savoir, de la prudence, de la justice pour les chefs se montraient de plus en plus clairement à son esprit, et, pendant que son caractère achevait de se former et de s'assouplir, son désir de savoir, son application au travail grandissaient.

La navigation des côtes demande une vigilance continuelle, une appréciation sagace des moindres indices et une promptitude de résolution qui permette de mettre ces indices à profit, soit pour profiter des rapides et fréquentes variations du temps, soit pour éviter les périls que ces variations font naître.

Encore, et quelle que soit la prudence de celui qui commande, ces périls ne peuvent-ils être toujours évités.

Georges fut donc, dès son premier embarquement, plus d'une fois en présence de la mort. Et ce danger pressant, immédiat, auquel aucun effort ne peut soustraire, lui fit comprendre mieux qu'il ne l'avait jamais fait, la puissance et la bonté de Celui dont la main seule ouvre ou ferme, à son gré, l'abîme sous le navire qui ne gouverne plus.

Jusque-là, religieux par éducation et par habitude, Georges le devint par principe et par reconnaissance. Son intelligence s'éclaira, s'élargit ; « *l'homme nouveau* » dont parle l'apôtre naquit en lui, et l'enfant pieux se transforma en *un chrétien*, dans la grande et sainte acception de ce mot.

II

Cependant l'éducation qu'il avait reçue, ses talents naturels, sa promptitude à comprendre et à s'assimiler les leçons pratiques de l'expérience avaient, en moins d'un an, élevé Georges au grade d'aide du capitaine. La paie qui lui avait été attribuée à ce titre, en le mettant à même, beaucoup plus tôt qu'il ne l'avait espéré, de venir en aide à son père, l'avait comblé de joie.

C'était un nouvel et précieux encouragement. Le jeune homme en faisait rejaillir tout l'honneur sur la Providence, et en était très-reconnaissant à son capitaine qu'il se garda bien de quitter lorsque le terme de son engagement fut arrivé.

Dans les premiers mois de la troisième année et après une relâche plus longue que de coutume, le sloop avait repris la mer, portant une cargaison considérable.

Le temps était favorable, et tout annonçait un voyage heureux et prompt; mais à peine avait-on perdu de vue le port que le vent, sautant brusquement, obligea à gouverner de manière à s'écarter de la côte.

Après deux jours de lutte contre le vent contraire, la situation du sloop s'aggrava encore.

Pendant que le vent continuait à souffler du même côté, les nuages se massèrent dans le ciel, et la lumière du soleil prit des teintes d'un rouge sombre. Il n'était pas permis de se tromper sur ces indices.

Un ouragan se préparait, venant du sud-est. Il éclata un peu avant midi; le sloop tanguait de manière à jeter son mât sur l'avant.

Le bâtiment était alors sous sa grande voile et sous la voile d'étai de misaine ayant tous les ris pris. Il descendait à chaque instant entre les vagues dont quelques-unes lui balayaient le pont.

Georges ne s'était pas encore trouvé en présence d'une mer aussi furieuse. Il était cependant parfaitement maître de lui-même et faisait exécuter avec précision les manœuvres ordonnées par le capitaine, lesquelles avaient pour objet de gagner et de doubler un promontoire, à l'abri duquel le sloop pouvait défier la rage de l'ouragan.

On y parvint enfin ; mais au *hourrah !* que poussa l'équipage en doublant le dernier obstacle, se mêla un horrible cri de douleur.

Le choc d'une forte vague venait de briser la corde qui retenait un tonneau arrimé sur le. pont.

Le tonneau, roulant avec violence, rencontra sur sa route le capitaine qui venait de se courber pour ramasser son sextant échappé de ses mains.

Le coup fut terrible, et le cri de douleur qu'il provoqua fut le dernier signe de vie du malheureux marin !....

Georges, que les fureurs de la mer et l'imminence du danger avaient laissé calme, eut besoin d'un puissant effort de volonté pour dominer son épouvante à la vue de cet homme, tout à l'heure plein de vie et d'énergie et maintenant étendu inerte, ensanglanté.

Un vulgaire accident, une malheureuse coïncidence, un sextant tombé au moment où la vague frappait la hanche du navire, avaient accompli, pour un être humain, l'œuvre de destruction que la rage des éléments n'avait pu faire !....

Le lendemain, les restes mortels du brave capitaine ma-louin furent portés à terre dans le canot du sloop, et enter-rés dans le cimetière d'un petit hameau habité par des pêcheurs et situé sur le bord de la baie où le bâtiment était à l'ancre.

Georges y prit un homme pour aider à la manœuvre, et

aussitôt que le vent le permit, il mit à la voile et continua son voyage.

Ne trouvant pas de cargaison pour le retour, il revint sur son lest à Saint-Malo.

L'armateur du sloop donna les plus grands éloges à la conduite du jeune marin. Persuadé qu'il ne pouvait placer ses intérêts en de meilleures mains, il lui proposa de remplacer le capitaine si malheureusement tué.

Recevoir le commandement d'un bâtiment, c'était évidemment un coup de fortune inespéré, mais n'était-ce pas en même temps, eu égard à son âge, une redoutable responsabilité à assumer ?

Georges consulta son père qui l'engagea à ne pas laisser échapper une occasion aussi heureuse.

Le sloop reçut sa cargaison, et Georges reprit la mer.

Il n'avait pas encore vingt ans, et après moins de trois ans de navigation, il se sentait capable de commander son bâtiment avec autant d'autorité et de connaissances en navigation que tel autre capitaine de sloop de Saint-Malo.

Que Dieu le conduise et le protège.

III

Deux ans se sont écoulés depuis que nous avons vu Georges quitter sur son sloop le port de Saint-Malo.

Bien des événements se sont accomplis en ces deux années.

Le sloop chassé par un croiseur anglais, alors qu'il revenait après un heureux voyage, n'est parvenu à échapper à l'ennemi qu'en se faisant échouer sur la plage, sous la protection des canons du fort.

Dans cette affaire, Georges s'est signalé par son patriotisme, son courage et l'habileté de ses manœuvres. S'il n'a pu sauver son bâtiment, il a du moins sauvé la cargaison et, ce qui est bien autrement important, il a sauvé l'honneur de son pavillon.

On a donné de grands éloges à sa conduite, mais il n'en est pas moins sans occupation, et il voit avec la plus grande inquiétude arriver le moment où, ses dernières économies ayant pris fin, il ne pourra plus continuer à son père l'aisance et le bien-être dont il entoure sa vieillesse.

Il s'embarquerait bien comme simple matelot sur le premier navire marchand en partance, et laisserait à sa bonne conduite et à ses talents le soin de le faire monter plus haut ; il ne s'inquiéterait pas de l'avenir, mais que ferait son père jusqu'à son retour ?

La situation cependant s'aggrave de jour en jour : ou il faut se résoudre à se placer comme gréeur, et c'est aux yeux de Georges et à ceux de Nicolas le pire des expédients, parce que ce serait autant de perdu pour ce service actif, but unique de la vie du jeune homme, ou il faut aller chercher ailleurs ce que Saint-Malo ne peut procurer.

Des amis influents encouragent cette dernière pensée et lui offrent des recommandations pour quelques négociants du Havre où en ce moment se faisaient, disait-on, des armements considérables.

Le lendemain de son arrivée, Georges avait reconnu qu'une position lui serait aussi difficile à obtenir au Havre qu'à Saint-Malo.

Il se promenait tristement sur la belle jetée qui forme la prolongation du quai Notre-Dame. Par suite des bourrasques de vent accompagnées de fortes pluies qui, depuis le matin, se succédaient presque sans interruption, la jetée était complétement déserte. Trois ou quatre bâtiments sortis du port la veille semblaient se préparer à mettre à la voile. Georges venait de se décider à se rendre à bord et à prendre telle place qu'on voudrait lui donner, pourvu qu'on lui avançât une partie de sa paie qu'il enverrait avec ses adieux à son père, lorsqu'il vit une embarcation se détacher de celui de ces bâtiments — un grand brick — qui était en avant des autres.

Cette embarcation montée par un seul homme, poussée par le vent qui venait de la mer, était entraînée par le courant fort rapide en ce moment.

L'homme faisait de grands efforts avec une rame pour se rapprocher du bord; mais, à moins qu'il ne fût promptement secouru, il paraissait devoir être rapidement porté en mer.

La situation était désespérée. L'homme le comprit, car, abandonnant la rame, il se mit à genoux et éleva les mains vers le Ciel, d'où seulement le salut pouvait lui venir.

Georges ne douta pas que la Providence ne l'eût destiné à répondre à cet appel.

Il était alors à quelques centaines de mètres en avant du canot. Il ôta son habit, se jeta dans l'eau qui était si froide qu'il fût un instant sur le point d'en perdre la respiration. Il reprit promptement ses sens et nagea en ligne horizontale de façon à se placer sur le passage de la barque.

Il y réussit et poussa un grand cri pour annoncer sa présence. L'homme de la barque tressaillit en entendant ce cri, et voyant Georges près de sa proue, il se pencha sur le bord et lui tendit la main.

Georges la saisit, mais la violence du vent était si grande et le courant si fort que ce ne fut qu'avec beaucoup de peine qu'il put monter à bord du canot.

Pendant quelques secondes, il demeura sans voix et sans mouvement; mais, stimulé par l'imminence du péril, il se releva vivement.

— Il n'y a pas un instant à perdre, s'écria-t-il; tâchons de prendre terre au plus vite, car si nous étions entraînés en mer, un miracle seul pourrait nous sauver.

L'homme, pour lequel il venait d'exposer si généreusement sa vie, ne répondit pas, mais il prit les rames. Georges en fit autant, et bientôt leurs efforts réunis les firent aborder.

— Que Dieu, que je n'ai pas invoqué en vain, soit loué, s'écria le compagnon de Georges, et tendant la main au jeune homme il ajouta : L'accident qui vous est arrivé m'a sauvé la vie.

— Quel accident ?... Que voulez-vous dire ? répliqua Georges.

— N'êtes-vous pas tombé tout à l'heure par-dessus le bord de quelque bâtiment.

Georges sourit, et il raconta simplement comment et pourquoi il s'était si à propos trouvé sur son passage.

Les deux hommes échangèrent en silence un éloquent serrement de mains, et chacun sentit que dès ce moment il pouvait compter sur ce bien si précieux et si rare : un ami.

IV

Les circonstances, qui avaient amené la périlleuse situation de la personne que Georges venait de sauver, se trouvent trop intimement liées à la suite de notre récit, pour que nous ne les relations pas avec quelques détails.

Nous allons laisser ce soin au héros même de cette aventure.

Après avoir appris à Georges qu'il se nommait Dupuis et qu'il commandait le brick d'où son canot s'était détaché, le capitaine continua :

— Par un pareil vent, il faut de la vigilance même quand on est à l'ancre, aussi venais-je moi-même de relever le quart, quand

j'entendis ce canot frapper contre les grands porte-haubans. Mon
équipage était à dîner. Ne voulant déranger personne, je descendis
larguer une brasse ou deux du câble; mais probablement que
le mousse, qui l'avait attaché et qui n'avait encore que quelques
mois de navigation, s'était borné à faire un nœud coulant, qui,
en se détachant, a laissé aller le canot à la dérive. J'ai crié à
l'aide; personne ne m'a entendu, bien que mon premier aide
fût dans la cabine, dont la fenêtre était ouverte.... Mais ce
maudit vent.... Enfin c'est assez parler de moi, laissez-moi vous
demander qui vous êtes, et comment je pourrai jamais m'acquitter
envers vous....

Après que Georges eut raconté son histoire, le capitaine
s'écria :

— La main de la Providence est visible en tout cela. Justement je dois engager demain matin un second aide, et, indécis
entre deux jeunes gens qui me sont également recommandés, je
n'ai pris d'engagement définitif ni avec l'un ni avec l'autre. Je
suis donc libre, et il va sans dire que vous avez la préférence.

Tous les arrangements furent pris séance tenante. M. Dupuis
s'offrit à avancer à Georges la somme nécessaire à son équipement, et se chargea, en outre, d'obtenir de l'armateur du
brick qu'une somme égale à la moitié de sa paie fût envoyée
mensuellement à Nicolas.

Le lendemain, Georges, après avoir écrit à son père, suivit
M. Dupuis à bord.

Il était près de deux heures quand ils arrivèrent. Juste au
moment où ils montaient sur le pont, M. Ellias, le premier
aide, donnait ordre de mettre une embarcation en mer.

Il se disposait à aller apprendre à l'armateur, dont il était
parent, la disparition du capitaine.

En apercevant M. Dupuis, il pâlit et recula.

— Je croyais, s'écria-t-il, que nous vous avions perdu....
N'avez-vous pas, hier, été entraîné en mer à la dérive?...

— Il paraît, M. Ellias, que vous êtes bien informé de ce qui m'est arrivé ?

Et en parlant ainsi, le capitaine regardait son premier aide bien en face.

Ellias balbutia :

— Je croyais... je pensais... ne voyant plus le canot, j'ai craint qu'il vous eût emporté à la dérive.... Mais je ne pouvais me rendre compte de ce qui était arrivé.

— Je l'espère pour la tranquillité de votre conscience, répliqua sèchement M. Dupuis.

La vérité était qu'Ellias avait entendu et vu ce qui s'était passé, mais c'était un de ces misérables auxquels tous les moyens sont bons quand il s'agit d'assurer leurs intérêts. Il s'était donné garde de prêter secours à son chef, dont la disparition, au moment du départ, allait lui laisser la place libre. Se croyant certain que le canot avait été entraîné à la mer, et que M. Dupuis avait péri, il se préparait à aller annoncer sa disparition à l'armateur, qui ne pouvait manquer, selon lui, de lui confier le commandement du brick.

En apprenant dans quelles circonstances Georges avait déjoué ses calculs et était devenu son collègue, il lui voua une haine implacable et résolut de se venger.

Cependant, le vent étant devenu favorable, le navire mit à la voile, dans la soirée, pour aller rejoindre un convoi à destination des mers du Sud.

Mais, avant de poursuivre notre récit, faisons plus ample connaissance avec les deux nouveaux personnages que nous venons d'introduire sur la scène.

M. Dupuis, bien qu'il touchât à la soixantaine, conservait toute son activité, et était un excellent marin. Les souvenirs, qu'il aimait à rappeler à l'occasion, prouvaient que les quarante-cinq années qu'il avait passées sur mer, n'avaient été inutiles, ni à son pays, ni à ses armateurs. Sa vie avait été bien remplie, et aucun

homme ne pouvait mieux que lui achever l'éducation maritime
de Georges.

Très-bon chrétien, il conformait sa conduite à ses principes
religieux. Le plus grand ordre régnait à son bord, et il n'y
souffrait ni jurements, ni paroles grossières.

Ellias seul osait enfreindre cette règle. Il se faisait un malin
plaisir de ne jamais prononcer une phrase sans l'assaisonner
d'un juron bien ronflant.

S'il n'eût été, ainsi que nous l'avons déjà dit, parent de
l'armateur du brick, M. Dupuis, que révoltaient son ton
grossier, ses manières insolentes, l'eût depuis longtemps con-
gédié.

Encore ces défauts ne lui eussent-ils paru que secondaires,
s'il eût été donné à une nature loyale comme la sienne de
pénétrer toute la noirceur de cette âme vile et perfide.

Ellias, en effet, était un de ces hommes pour qui le mot
reconnaissance est vide de sens; un de ces hommes qui, ne
tenant compte d'aucun bienfait, n'oublient et ne pardonnent
jamais une injure, quelque involontaire qu'elle ait pu être, et
qui, lorsqu'il s'agit de satisfaire leurs passions, ne reculent
devant aucune infamie.

Dès la première semaine, Georges fut fixé sur sa situation
à bord.

M. Dupuis s'attachait de plus en plus à lui et le traitait
comme s'il eût été son propre fils.

Ellias, au contraire, ne laissait passer aucune occasion de
le molester. Sa haine s'accusait plus nettement de jour en jour,
et il était aisé de voir que l'occasion de lui nuire sérieusement
était avidement désirée.

La première fois que cette occasion se présenta, ce fut
pendant une relâche. M. Dupuis était descendu à terre, et il
devait y coucher.

Georges, qui, par respect pour la hiérarchie, s'était toujours soumis, sans se plaindre, à la tyrannie d'Ellias, était debout près de la grande écoutille, donnant des ordres aux hommes qui arrangeaient le fardage à fond de cale.

Ellias vint le rejoindre sur le pont, et, feignant de glisser, il le poussa rudement. Son dessein était de le faire tomber dans la cale.

L'accident si habilement ménagé se fût infailliblement produit, au risque à peu près certain de la vie de Georges, si celui-ci n'eût instinctivement saisi Ellias par le milieu du corps. Il ne fit que l'entraîner avec lui. Toutefois les conditions de la chute furent entièrement modifiées.

Ellias tenait, par hasard, une des cordes servant à baisser le grand mât. Il ne lâcha pas prise, ce qui rompit leur' chute, mais la corde glissant très-rapidement entre ses mains les lui coupa jusqu'aux os.

Sa perfidie retomba ainsi sur lui-même, tandis que Georges en fut quitte pour quelques légères contusions.

Les matelots, témoins de cet incident, ne se méprirent pas sur sa véritable cause, et, comme Ellias était universellement détesté, ils ne manquèrent pas d'en informer M. Dupuis qui résolut de résigner le commandement du brick, dès son retour en France, si l'armateur persistait à y maintenir son neveu.

En attendant, il fallait patienter et veiller de près.

V

Après avoir débarqué aux îles de la Sonde sa cargaison de vin et de produits manufacturés, et avoir embarqué le café, les épices et le sucre qu'il avait mission de rapporter, le capitaine Dupuis s'occupait de réunir ses provisions d'eau et de vivres, lorsque surgit d'une façon tout à fait imprévue une circonstance de la plus haute importance pour Georges Bertrand.

Le capitaine d'un trois-mâts, qui appartenait au même armateur que le brick et qui était avec lui en rade de Batavia, étant mort subitement, M. Dupuis fut obligé d'en prendre le commandement et de laisser à Ellias celui du brick.

Ce fut un coup cruel pour Georges, un coup terrible et sans remède : M. Dupuis ne pouvait le prendre à son bord, toutes les places secondaires y étant occupées.

Georges eut d'abord la pensée de quitter le brick, mais M. Dupuis lui ayant fait observer qu'il perdrait la totalité de sa paie s'il n'exécutait pas les conditions écrites de son engagement, lequel stipulait l'aller et le retour en qualité d'aide, il se décida à accepter la situation telle qu'elle se présentait, c'est-à-dire avec ses ennuis et ses périls.

Une compensation d'ailleurs lui était assurée pour l'avenir : M. Dupuis s'engageait à le faire nommer, à son retour en France, son premier aide sur son beau trois-mâts.

En attendant, et jusqu'au départ du brick qui devait prendre la mer le premier, M. Dupuis garda avec lui, à terre, son jeune protégé.

Au dernier moment seulement, Georges se rendit à son poste. Il n'aborda le brick qu'à contre-cœur et l'esprit tourmenté des plus sombres pressentiments.

Ses idées ne se rassérénèrent pas quand, en montant sur le pont, il vit Ellias faisant encore brandir un anspect dont il venait de se servir pour terrasser un matelot dont il foulait du pied le corps sanglant.

A la vue de Georges, sa rage redoubla, et il s'écria sur un ton de défi :

-- Voilà à quoi peuvent s'attendre tous les fainéants qui se trouveront sur mon bord.

Georges eut assez d'empire sur lui-même pour ne rien répondre, et Ellias passa sur la proue où l'on s'occupait à lever l'ancre.

Se penchant sur le matelot qui était sans connaissance, Georges examina sa blessure.

Le fer qui garnissait le bout de l'anspect avait pénétré profondément dans le crâne, et une lésion au cerveau était probable.

A l'aide d'un mousse, Georges descendit le blessé sous le pont et le plaça dans son hamac. Il remonta ensuite sur le pont et prit le gouvernail.

— Si vous vous imaginez que vous continuerez à fainéanter comme vous l'avez fait jusqu'à présent, lui dit brusquement Ellias en remontant sur le pont, vous vous trompez. J'entends que chacun à *mon bord* fasse son devoir.

— En ce qui me concerne, je l'entends de même, répondit froidement Georges.

— Vous avez vu comment je traite les récalcitrants et..... les paresseux; je vous engage à ne pas l'oublier.

— Je n'oublierai, ni ne craindrai rien, M. Ellias. Mais de votre côté, souvenez-vous aussi que, s'il fallait en venir aux anspects, je sais en jouer aussi bien qu'un autre.

Ellias se tut, et Georges se garda de rien ajouter.

Il s'était promis de tout supporter, excepté les voies de fait, et il tint parole. Il obéit à tous les ordres qu'il reçut, quelque tyranniques ou quelque grossièrement donnés qu'ils fussent.

Cependant l'état du blessé devenait de plus en plus alarmant. En proie à une fièvre ardente, il avait le délire, et on entendait ses cris de toutes les parties du navire.

Les matelots murmuraient :

— Il y a bien lieu, dirent-ils, à se rapprocher d'une des frégates qui protégent le convoi dont le brick fait partie, et de lui demander une visite de son chirurgien.

Georges avait eu, dès le premier jour, la même pensée, et l'avait plusieurs fois exprimée à Ellias.

Mais celui-ci lui avait chaque fois imposé silence par un :

— Que le drôle vive ou meure, que m'importe ! ou d'un : qu'il s'en aille au diable ! dit d'un ton furieux.

Enfin le soir du cinquième jour, après qu'Ellias se fut retiré dans sa cabine, les matelots se réunirent autour de Georges et lui dirent qu'ils étaient résolus à ne pas laisser plus longtemps leur camarade sans secours.

— Une des frégates manœuvre de façon à se rapprocher de nous, dit le plus ancien des matelots, et nous sommes résolus, aussitôt qu'il fera jour, de lui faire des signaux. Que le capitaine le veuille ou non, nous aurons un chirurgien.

Avant que Georges pût répondre, Ellias, qui était aux écoutes, bondit sur le pont.

Il s'élança sur Georges, le saisit au collet, et, le secouant rudement :

— Ah ! c'est ainsi que vous excitez mes hommes à la mutinerie ! Nous verrons ce qu'en pensera le commandant de la frégate. Demain matin, je vous ferai conduire à son bord, où je vous constituerai prisonnier. En attendant, descendez dans votre cabine.

Convaincu qu'il ne pouvait lui arriver rien de plus heureux que l'exécution de cette menace, Georges se dégagea des mains d'Ellias, et, sans relever les brutalités dont il venait d'être l'objet, il quitta le pont.

Mais Ellias n'avait nulle envie de mêler à ses affaires le commandant de la frégate. Il savait sa victime irrévocablement perdue. Un seul moyen, la fuite, pouvait lui assurer l'impunité, et depuis plusieurs jours son parti était pris.

La résolution de l'équipage ne lui permettait plus de différer l'exécution de ses projets.

Il passa la nuit sur le pont, faisant carguer tantôt une voile, tantôt une autre, afin de retarder la marche de son bâtiment. Il y réussit si bien qu'au point du jour, il n'y avait plus un seul navire en vue.

Il fit alors déployer toutes les voiles, afin, dit-il, de rejoindre le convoi; mais il gouverna de manière à s'en séparer complétement.

A l'exception de Georges, nul à bord ne pouvait reconnaître qu'on suivait une fausse voie. En se débarrassant de ce témoin importun, il s'était donc assuré toute liberté.

Il était temps d'agir : vers midi, le pauvre matelot ayant rendu le dernier soupir, l'équipage exaspéré ne se gêna plus pour accuser Ellias d'assassinat.

Si Georges eût voulu profiter de ces dispositions, il lui eût été facile de s'emparer du commandement du brick et de faire mettre Ellias aux fers.

La proposition lui en fut faite avec les plus vives instances; mais, esclave du devoir, non-seulement il repoussa cette proposition et refusa de quitter la cabine où il était consigné, mais il s'efforça de calmer les esprits.

— Attendons, dit-il, pour formuler nos justes griefs d'être dans un port français, ou du moins de rencontrer un vaisseau de guerre. Alors les lois prononceront sur son sort.

Et comme on lui faisait observer que d'ici là Ellias aurait trouvé peut-être cent occasions de les mettre dans l'impossibilité de demander justice,

— A la grâce de Dieu, dit-il. Et il ajouta : Que deviendrait la discipline et, par suite, l'honneur du pavillon, si chaque équipage, empiétant sur les droits de l'autorité compétente, prétendait s'ériger en tribunal.

L'équipage se rendit à ces sages avis, mais bien à contre-cœur, et l'affaire n'en fût pas demeurée là si Ellias, à qui ces dispositions n'avaient pas échappé, n'eût pris le parti de modifier entièrement sa conduite.

Non-seulement, il traita dès lors ses hommes avec une indulgence

jusqu'alors complétement étrangère à ses habitudes, mais, par
de copieuses distributions de rhum, il eut soin de les entretenir dans un état continuel de demi-ivresse.

Quant à Georges, il le tenait toujours sévèrement consigné
dans sa cabine, et lorsque les nécessités du service le forçaient
à l'appeler sur le pont, il ne le perdait pas de vue.

Le corps de sa malheureuse victime avait été jeté à la mer,
et bien que personne ne semblât disposé à s'occuper davantage
de cet accident, Ellias ne se faisait pas illusion : sa vie
courait le plus grand danger s'il rentrait en France.

Aussi était-il résolu à n'y revenir jamais. Après plusieurs
projets reconnus impraticables, il s'était arrêté au dessein de
faire échouer son brick sur les récifs du premier archipel qu'il
rencontrerait, après quoi il gagnerait sur son grand canot une
île où il tâcherait d'organiser avec son équipage un de ces
services de piraterie, alors si prospères dans les eaux de
l'Océanie; sinon il se ferait embarquer par quelque navire
étranger sur lequel il trouverait moyen de prendre du service.

VI

Les arrêts de Georges duraient depuis quatre jours, et
étendu sur son hamac, il se demandait comment se dénouerait
le sombre drame auquel était si tristement liée sa propre destinée; une secousse violente, le bruit sinistre du mât et des
vergues tombant en s'entrechoquant sur le pont, l'arrachèrent
à ses réflexions.

Il s'élança vivement de son hamac et courut à la porte.

Cette porte était barricadée en dehors.

L'horrible vérité se fit aussitôt jour dans son esprit :

Ellias avait fait échouer le brick et l'avait enfermé dans sa cabine afin qu'il ne pût s'échapper.

Par bonheur, il n'était pas homme à perdre son courage, et le sang-froid ne l'abandonnait jamais.

Le clapotement de l'eau qu'il entendait au-dessous de lui ne lui laissait aucun doute sur l'immensité du péril : le navire avait sa coque ouverte, et les canots étaient le seul moyen de salut pour les créatures vivantes qui s'y trouvaient.

Le bruit qu'il entendait sur le tillac lui disait que chacun à bord partageait son avis et se préoccupait de ce moyen de salut.

Serait-il donc victime de cet effrayant naufrage?

Il ferait au moins tous ses efforts pour revoir la France et son père! Ce n'était pas en vain que la nature l'avait doué d'un corps vigoureux dont sa vie dure et active avait encore développé les forces.

Et renouvelant ses tentatives contre la porte de sa cabine, il lui donna un si robuste coup d'épaule que les ais qui la fermaient crièrent et se disjoignirent.

— Était-ce le salut? — Non, pas encore.

Par un surcroît vraiment diabolique de précautions, Ellias ne s'était pas borné à cadenasser la porte; il avait roulé contre sa base un gros câble qu'il eût fallu au moins trois hommes pour remuer.

Cette infâme trahison stimula la force de volonté de Georges. Il redoubla d'efforts, mais sans parvenir à ébranler la lourde masse. Il appela à l'aide; sa voix se perdit au milieu des cris de colère et d'angoisse, qui se mêlaient au-dessus de lui, aux mille bruits de cette heure de détresse.

Une soudaine inspiration lui fit enfin entrevoir un moyen de salut.

Le rouleau du câble ne pouvait s'élever aussi haut que la porte, c'était donc le panneau supérieur qu'il fallait attaquer.

4

Il dirigea ses efforts de ce côté, et après plusieurs essais, le bois vola en éclats.

Ce qui restait à faire était pour Georges un jeu d'enfant : dix secondes plus tard, il était sur le pont.

Le pont était désert : hommes, canots, tout avait disparu. Nulle voix ne répondit à ses cris d'appel. Il était seul, bien seul sur le brick.

En vain son regard voulut-il interroger la mer. L'obscurité de la nuit enveloppait le navire de ténèbres épaisses qu'il était impossible de percer.

Il se pencha pour écouter : rien que le sinistre grondement de l'eau élargissant sans cesse les déchirures de la coque du brick qui enfonçait sensiblement de minute en minute.

Ne concevant plus aucun espoir de salut, Georges fit monter vers le ciel une ardente prière, et, épuisé par ce suprême effort du cœur et de la pensée, il tomba évanoui.

Que s'était-il passé à bord du brick, et qu'était devenu son équipage?

La veille au soir, à la tombée de la nuit, Ellias, à quelques signes certains pour lui, mais qui passèrent inaperçus pour ses camarades, avait reconnu qu'il approchait du groupe d'îlots où il avait dessein de faire échouer son navire.

Il avait manœuvré en conséquence.

A une heure après minuit, il calcula qu'avant une heure, le brick se trouverait engagé dans les récifs.

Il s'empara alors du gouvernail et envoya l'homme qui le tenait se coucher.

Moins d'un quart d'heure après, le brick touchait avec violence, et tout l'équipage accourait sur le pont.

Ellias qui était préparé à cet événement avait pris d'avance toutes ses mesures. Il donna ses ordres avec le plus grand calme et fut parfaitement obéi et secondé.

Tout ce qui pouvait être nécessaire, tant aux besoins de l'équipage qu'à la bonne direction de la navigation, fut descendu dans le canot où les hommes se disposèrent à prendre place à leur tour.

Déjà la plupart y étaient entrés, lorsque tout à coup une voix s'écria :

— Et M. Bertrand ?

— Au diable Bertrand, répliqua brutalement Ellias. Songeons à nous !... vite, vite, dans le canot.

— Nous ne partirons pas sans M. Bertrand, s'écrièrent d'une seule voix tous les hommes de l'équipage.... Il faut qu'il ait le sommeil diantrement dur.... Jean le Nantais, allez donc le prévenir.

Ce n'était pas là l'affaire d'Ellias. Il cria, il s'emporta, ce qui n'empêcha point Jean le Nantais d'exécuter la commission qui venait de lui être donnée.

Il vit le câble enroulé devant la porte de la cabine. Il entendit les efforts encore inutiles que faisait Georges, et il comprit tout.

Remontant en toute hâte sur le pont, il expliqua la situation à ses camarades.

— Il faudrait, ajouta-t-il, une demi-heure au moins pour pénétrer jusqu'à M. Bertrand, et nous péririons tous, car le brick ne peut tenir plus de dix minutes.

Puis se tournant vers Ellias :

— C'est vous qui avez eu l'infamie de combiner cette trahison. Vous êtes un vil assassin, et si les camarades sont de mon avis, puisqu'il faut que M. Bertrand périsse, il ne périra pas seul : vous lui tiendrez compagnie!

— Oui, oui, s'écrièrent toutes les voix.

Ellias voulut sauter dans le canot, on le repoussa. Il renouvela la même tentative, et pour mettre fin à une lutte qui menaçait de faire chavirer l'embarcation, un des hommes s'empara d'un anspect — celui-là même avec lequel il avait tué le malheureux matelot, — et lui en donna un coup qui le fit rouler dans les dallots, sous le vent, privé de connaissance.

Le canot s'éloigna aussitôt du brick, et il n'en était guère qu'à deux ou trois encâblures quand Georges monta sur le pont.

Le brick avait été poussé si fortement et si en avant sur le récif qu'il y était comme enchassé, ce qui l'empêcha de sombrer immédiatement.

Le lever du soleil se faisait deviner à l'horizon, avec cette splendeur dont les aurores de nos climats ne sauraient donner qu'une imparfaite idée.

Les deux hommes abandonnés sur le brick étaient toujours privés de sentiment.

Ellias revint à lui le premier.

La tête lui tournait, ses idées étaient confuses, cependant il avait un vague souvenir de ce qui s'était passé. L'impression de l'eau dans laquelle plongeaient ses pieds lui communiqua la force de se lever, et il se dirigea, en chancelant, du côté du vent.

Le corps inerte de Georges se trouvait sur son passage ; il le heurta sans s'en apercevoir, mais ce choc rendit à lui-même Georges qui se mit sur son séant.

Ellias s'était assis sur le pont ; ils n'étaient qu'à deux ou trois mètres l'un de l'autre. Ils se reconnurent.

La vue de Georges et la haine qui l'animait contribuèrent à rappeler Ellias au sentiment de la situation. Il fit un mouvement pour se précipiter sur son ennemi.

En un instant, Georges fut sur pieds, et saisissant l'anspect que le matelot avait rejeté sur le pont après en avoir frappé Ellias, il se prépara à se défendre.

Les deux hommes restèrent quelques instants à se regarder ainsi, en silence et le geste menaçant ; mais les efforts faits par Ellias étaient au-dessus de ses forces. Il sentit le plancher se dérober sous ses pieds, et après avoir une ou deux fois battu l'air de ses bras étendus, il tomba lourdement.

Libre, pour le moment du moins, de concentrer toute son attention sur ce qui l'entourait, Georges se rendit compte de la gravité de la situation.

De tous côtés s'étendaient des récifs de corail et des grands bancs de sable coupés par des canaux. Les branches gigantesques de corail formaient sous les eaux, aussi profondément que l'œil pouvait pénétrer, d'inextricables forêts.

La simple inspection de toutes ces choses disait clairement que le récif sur lequel le brick était échoué, ainsi que presque tous ceux qui l'entouraient, devaient être entièrement couverts d'eau quand la mer était haute.

La seule ressource qui s'offrit comme moyen de salut à Georges fut une très-petite barque que le flot n'avait point encore arrachée de la poupe du brick, où elle était suspendue.

Il n'y avait pas un instant à perdre. Georges dressa le mât et envergua les voiles. Il remplit d'eau un petit baril, prit une boussole dans l'habitacle; il remplit un sac de bœuf salé et de biscuits; il trouva dans la cabine quelques bouteilles de vin et de rhum et les plaça dans un petit coffre pratiqué sous l'écoute de proue de la barque.

Après avoir ajouté à ces provisions quelques cordages et un grapin pour servir d'ancre, il s'occupa de mettre la barque à flot, ce qu'il fit en lâchant doucement tantôt un palan, tantôt un autre.

En moins d'une heure, il fut prêt à embarquer. Mais quelle décision prendre au sujet d'Ellias ?

Se venger, en l'abandonnant sur un navire qui risquait à tout instant d'être brisé par le flot et précipité au fond de l'abîme ?

Rendre le bien pour le mal, en offrant la moitié de ses chances de salut à celui qui, plusieurs fois, avait prémédité et préparé sa mort ?

Georges, bien qu'il ne doutât pas que c'était se préparer de nouveaux périls, s'arrêta à ce dernier parti.

Sincèrement chrétien, il comptait sur l'aide de Dieu pour le sortir du danger où il se trouvait.

Or, à quel titre eût-il osé solliciter cette aide s'il n'eût auparavant accompli le précepte divin du pardon et de l'oubli des injures.

Il s'avança vers Ellias qui était encore sans mouvement, et le secoua avec force.

Ellias ne bougea pas.

— Qu'est-ce? murmura-t-il enfin d'une voix à peine distincte.

— Je viens, monsieur, vous avertir que j'ai préparé une barque et que je me dispose à partir....

— Pas sans moi, monsieur Bertrand, pas sans moi, je vous en conjure.

Et se précipitant à genoux :

— Par la mémoire de votre mère, je vous en supplie, ne me condamnez pas à une mort aussi affreuse.

— Vous m'en aviez préparé une plus terrible encore!

— J'avais pris trop de rhum, monsieur Bertrand, et dans ces occasions je ne sais ce que je fais.... Mais ne m'abandonnez pas ici.... j'obéirai à tous vos ordres.... je ferai tout ce que vous voudrez.... je vous le jure !

Cette lâche platitude inspira à Georges un profond dégoût qu'il eût peut-être plus de peine à surmonter qu'il n'en avait eu à pardonner les crimes dont il avait jadis été victime.

Mais sa foi chrétienne lui donna la force de dominer son mépris comme elle lui avait donné la force de vaincre son ressentiment.

Il répondit simplement :

— Je prie Dieu de vous pardonner comme je vous pardonne, et ne vous demande point autre chose que d'abjurer, pour quelques jours au moins, vos sentiments de haine, afin d'unir vos efforts aux miens pour sauver notre vie..... Du reste, je

serai sur mes gardes, et, si vous tentez quelque chose contre
moi, je saurai me défendre....

Ils montèrent tous deux dans la barque et se hâtèrent de
s'éloigner du brick.

VII

Georges avait remarqué, à une certaine distance, deux îles
portant des traces de végétation qui indiquaient qu'elles n'étaient
jamais entièrement couvertes par les eaux.

Ce fut vers ces îles qu'il se dirigea.

Le vent était contraire; il baissa le mât, prit une des rames de
manière à ce qu'Ellias ne fût pas derrière lui et lui dit de
prendre l'autre.

Ce ne fut qu'au coucher du soleil et à la suite de longs et
pénibles efforts qu'ils purent gagner la première île, celle qui
était la moins élevée et la moins boisée

Après avoir mis leur barque en sûreté, ils se jetèrent sur
le sable, où ils restèrent assez longtemps comme anéantis.

La faim les rappela à eux-mêmes. Georges se leva et alla à
la barque chercher des vivres. Ils soupèrent rapidement et
s'étendirent de nouveau sur le sable pour dormir.

En repassant, dans sa pensée, les événements qui avaient
précédé et amené l'effrayante catastrophe aux suites de laquelle
ils étaient loin d'avoir échappé, Georges ne put se défendre
d'un sentiment de défiance à l'endroit d'Ellias.

Ne devait-il pas prendre ses précautions contre toute nouvelle tentative de trahison?

Convaincu qu'il ne pouvait agir avec trop de prudence, il
lutta contre le sommeil, et, tout en demeurant immobile, il

suivit attentivement les moindres mouvements d'Ellias. Quand il le crut endormi, il se leva avec précaution, et alla s'étendre plus loin à l'abri d'un léger pli de terrain qui ne permettait pas de l'apercevoir de l'endroit où était Ellias.

Par surcroît de précaution, il plaça sous sa tête, en guise d'oreiller, l'anspect dont, en quittant le bord, il n'avait pas cru devoir se dessaisir.

Il céda bientôt à un sommeil profond qui devait durer trois ou quatre heures, mais non sans être interrompu plusieurs fois.

La conviction du danger qu'il pouvait courir était si intense chez Georges que, même pendant que le corps était terrassé par la fatigue, l'esprit veillait.

A plusieurs reprises, une voix secrète sembla l'engager à secouer le sommeil et à se tenir sur ses gardes; une fois même il se mit sur son séant, mais le silence complet qui régnait autour de lui le rassura, et il se rendormit.

Une autre fois, il crut entendre marcher, il s'imagina que Ellias cherchait à se rapprocher de lui, et il écouta attentivement : rien ne bougeait : ses sens l'avaient trompé, ou peut-être avait-il rêvé!...

Un peu après, le bruit sourd d'un corps pesant tiré sur le sable le fit sortir de son assoupissement. Il écouta plus attentivement encore que précédemment. Tout reposait au sein de la nuit silencieuse. Ses nerfs seuls étaient ébranlés, et il s'en voulut presque de cette faiblesse indigne d'un marin.

Enfin cependant un son très-réel et reconnaissable, le bruit du vent soufflant contre une voile, vint frapper ses oreilles.

Aussitôt secouant les dernières ombres du sommeil, il est sur pieds, et aux premières clartés du jour qui commence à paraître, il peut se rendre compte de la réalité du bruit qu'il vient d'entendre.

Une voile, en effet, glisse gonflée par le vent sur la mer bleue, et cette voile est celle de la barque qui l'a amené dans l'île!

Ellias, profitant de son sommeil, l'a mise à flots; le vent est favorable, et elle s'éloigne avec rapidité.

Et lui, que va-t-il devenir, abandonné sur cette plage déserte!

Fou de rage, il s'élance décidé à se jeter à la mer et à rejoindre le traître à la nage. Mais, en arrivant au bord, il reconnaît l'inutilité de cette tentative.

Quant à ramener à lui Ellias par des supplications, il n'y songe pas. L'attitude de son rival — attitude pleine de sarcasme et de défi — lui disait qu'attendrir ce cœur de bronze serait chose impossible, alors même que sa juste fierté s'abaisserait à l'implorer.

— Que la volonté de Dieu soit faite! murmure le malheureux abandonné en comprimant de ses deux mains enlacées les battements de son cœur.

Et pour ne plus voir la blanche voile qui se balance gracieusement comme pour lui faire ses adieux, il se couche sur le sable, et, se voilant le visage de ses mains tremblantes, il redit :

— Que la volonté de Dieu se fasse!......

VIII

L'effet de ce cri de résignation fut presque instantané. A un découragement profond succéda un élan d'énergie dont Georges s'étonna lui-même.

Plus sa position lui paraissait désespérée, plus il comprenait l'impuissance de ses efforts et de sa volonté; plus il se sentait pénétré de cette vérité que Dieu se plaît à venir en aide à ceux qui, n'ayant plus d'espoir qu'en lui, savent le comprendre et le reconnaître.

Il se leva et, résolu de mettre à profit tous les moyens de salut qu'il plairait à la divine Providence de placer à sa disposition, il commença par explorer soigneusement le rivage pour s'assurer si Ellias ne lui aurait pas laissé quelque partie des provisions qui étaient sur la barque.

Ainsi qu'il s'y attendait, il ne trouva rien.

Il suivit alors le bord de la mer dans l'espoir d'y découvrir quelque coquillage ou quelque crustacé qui pût lui fournir un repas; le sable fin et lisse ne portait la trace d'aucun être animé.

L'île, de formation récente, avait pour unique végétation une sorte de fougère très-haute, mêlée d'une herbe rude et âpre dont aucun animal n'eût pu faire sa nourriture; y séjourner eût donc été se condamner à périr de faim.

Georges le comprit, et, se gardant d'user ses forces en recherches inutiles, il se coucha sur le sable et se prit à réfléchir sur le parti à prendre.

Il ne tarda pas à se convaincre que le seul moyen de salut était de gagner à la nage la seconde île qu'ils n'avaient pu atteindre la veille, et sur laquelle il distinguait des arbres.

Il trouverait probablement là des moyens de subsistance, et dans tous les cas, il tâcherait d'y construire un radeau qui lui permettrait d'aller à la recherche de terres plus hospitalières.

Le flot portait vers cette île, mais en ce moment il avait une force telle qu'il était à craindre qu'il ne l'entraînât au delà. Il se décida donc à attendre jusqu'à ce que la mer fut plus calme.

Il consacra ce temps à fortifier son esprit contre les horreurs de la mort qui l'attendait presque inévitablement. Le calme bonheur des premières années de son enfance, les efforts de celles qui avaient suivi, les joies du temps plus rapproché où il se croyait sur le chemin du but poursuivi, tout cet

enchaînement d'affections, de travail et d'espérance prit en
quelque sorte corps, et défila devant lui avec une netteté
merveilleuse.

Il vit son père le tenant par la main quand il était petit
garçon, et l'accompagnant ensuite, pas à pas, jusqu'au jour où
il l'avait quitté pour se confier à la vaste mer.

Il le vit ensuite, seul et triste, derrière son comptoir, vivant
de l'argent que lui-même gagnait, et il se demanda qui pour-
voirait désormais aux besoins de ce père chéri !

L'angoisse que lui causa cette pensée, le fit rentrer dans la
vie réelle. Il jeta un regard sur la mer, et il vit que le moment
d'exécuter son projet était arrivé.

Il quitta ses vêtements, en fit un paquet qu'il assujettit au-
dessus de sa tête, et, après une courte et fervente prière, il se
mit à la nage.

Il ne fallait rien moins que son habileté et sa force pour con-
trebalancer le courant qui l'entraînait. Il y parvint cependant,
et jusqu'au milieu du chenal qui séparait les deux îles, il ne
s'écarta pas d'une brasse de sa direction.

Mais, en cet endroit, l'eau coulait avec une rapidité qui l'emporta plus loin qu'il ne l'aurait voulu.

Il ne se découragea cependant pas. Sachant que, la force du
courant une fois passée, le reste lui serait comparativement facile,
il redoubla d'efforts, et ne tarda pas à reconnaître qu'il avait
calculé juste ; à mesure qu'il approchait de l'île, les difficultés
diminuaient.

Il se croyait déjà n'avoir plus en quelque sorte qu'à se laisser
porter par l'eau vers le but si ardemment désiré, lorsqu'il se
rendit compte qu'il avait été entraîné si loin par le courant, qu'il
était douteux qu'il ne dépassât pas la pointe extrême de l'île,
dont une cinquantaine de mètres à peine le séparaient. Il fit des
efforts désespérés, et s'aperçut avec terreur qu'il restait toujours
en dehors de sa route.

Tout à coup un courant le favorisa, il sut en profiter, et déjà il touchait presque la terre de sa main, lorsqu'un contre-courant l'en éloigna, mais pas avant cependant qu'il n'eût eu le temps et la présence d'esprit de saisir une branche d'arbre qui s'étendait sur la mer.

C'était son seul espoir, et il s'y accrocha avec une ardeur fébrile. La branche résista d'abord, et il se crut sauvé. Mais au mouvement qu'il fit pour s'en servir de point d'appui, elle se rompit, et Georges fut entraîné hors du canal, dans l'Océan.

Le jeune marin, se croyant irrévocablement perdu, se borna dès lors à ménager ses forces, afin de se soutenir le plus longtemps possible sur l'eau. Il se mit dans la pose que les nageurs appellent *la planche*, et les yeux fixés vers le ciel, il reprit le cours de ses réflexions du matin.

Mais cette fois, ce ne furent ni les souvenirs de son enfance, ni l'abandon où allait se trouver son vieux père, qui se présentèrent à son esprit. Sa pensée se porta plus haut que la vie terrestre.

Il rechercha les motifs de sa foi et de son espérance, et, redevenant petit enfant, il se vit sur les bancs de l'ancienne chapelle, en présence du vieux prêtre, qui lui expliquait le catéchisme et lui racontait les merveilles de miséricorde opérées, à tous les temps, par le souverain Maître du ciel et de la terre.

Georges, nous l'avons dit, était sincèrement chrétien, mais au cours de sa vie si active, il avait oublié, ou du moins perdu de vue, plus d'un des détails de l'enseignement religieux.

La certitude d'une fin prochaine les fit soudain surgir de sa mémoire, et il en résulta une augmentation de foi et d'espérance dont, en des temps plus calmes, il n'eût peut-être pas été capable, et qui amenèrent un revirement complet dans son appréciation de tout ce qui venait de se passer.

L'inimitié, le mépris qu'il avait conçus pour Ellias, se transformèrent en une généreuse et immense compassion. Comme Jésus sur la croix, il trouva des paroles d'excuse et de miséricorde pour son bourreau ; et il s'écria :

— Pardonnez-lui, Seigneur, il ne savait pas ce qu'il faisait !...

Cependant un engourdissement, contre lequel il ne pouvait plus réagir, se répandait dans tous ses membres ; il sentait que son corps, qui s'alourdissait, ne tarderait pas à couler au fond de l'eau.

Au moment où, convaincu que ce terrible dénouement ne pouvait plus tarder que de quelques minutes, il adressait à Dieu une prière, qu'il croyait être la dernière, il sentit quelque chose qui, dans l'eau, le frappait sous l'épaule.

Etait-ce quelque monstre affamé de la mer qui s'apprêtait à le dévorer ?

Il ne put réprimer un cri d'angoisse, et il fit un mouvement involontaire pendant lequel son pied toucha le fond.

Le courant l'avait porté sur un banc de sable parsemé, presque à fleur d'eau, de récifs.

Trop faible pour se tenir debout, il se traîna sur ses genoux jusqu'à un de ces récifs auquel il se cramponna.

L'eau lui arrivait jusqu'aux épaules, et l'épuisement, un moment dominé par la vive impression que lui avait causé ce dernier incident, reparaissait accompagné d'une torpeur, d'autant plus inquiétante qu'elle succédait à des efforts plus violents et plus prolongés.

Quatre heures s'écoulèrent ainsi, quatre heures de lente agonie et de pieuse résignation. Recueilli en lui-même, c'est à peine si le malheureux patient avait conscience des objets extérieurs, il aperçut cependant à une certaine distance un objet noirâtre, qui, balancé par les flots, arrivait directement vers lui.

L'instinct de la conservation, bien plus que l'espoir d'aucun secours, lui rendit toute sa lucidité d'appréciation, et il reconnut que l'objet qui approchait était, ou une baleine endormie, ou un bateau renversé.

Il est des circonstances où, dans la vie d'un homme, quelques minutes tiennent plus de place que de longues années.

Georges en fit l'expérience en cette occasion. Il croyait avoir épuisé tout ce que la lutte, la souffrance, la fatigue et aussi l'espoir sans cesse trompé et sans cesse renaissant, peuvent réserver à une nature énergique ; il se trompait : jusque-là, il ne savait pas ce que c'était qu'attendre, espérer, vouloir.

— Une barque ! s'écria-t-il enfin.

Et il ajouta aussitôt :

— Soyez béni, mon Dieu !

C'était, en effet, une barque... une barque qui, poussée par le flot, approchait rapidement. Il l'entendit, à une vingtaine de mètres de lui, heurter la crête d'un récif, contre lequel elle s'arrêta.

Se souvenant de la branche d'arbre restée entre ses mains, il ferma les yeux.

Cette fois encore, le moyen de salut ne se présentait-il que pour faire renaître en lui l'ardent désir de la vie ?

La barque n'allait-elle pas recevoir du choc qui l'avait arrêtée une direction nouvelle qui l'éloignerait ?.... ou encore, ce choc n'avait-il pas attaqué ses œuvres vives, disjoint ses parois ?...

Quand il se décida à rouvrir les yeux, son sort était fixé, pour le moment du moins : la barque était là, immobile sur l'eau et presque à sa portée.

Il se remit à nager, et quelques brasses le mirent à même d'aborder l'embarcation, qu'il reconnut pour être celle sur laquelle Ellias était parti avec tant de perfidie.

Il monta sur la quille et s'y étendit en attendant le moment de pouvoir retourner la barque et la mettre à flot.

Vers cinq heures, la mer se retira, laissant presque à sec le banc de sable.

Georges releva la barque dont le mât, brisé près de la carlingue, n'en avait cependant pas été entièrement détaché, retenu qu'il était par la voile et les agrès embarrassés dans les chevillots.

Du reste, l'embarcation ne contenait rien autre chose que le grapin. Georges, qui n'avait rien pris depuis la veille, sentit renaître ses inquiétudes : n'avait-il échappé aux abîmes de la mer que pour périr du supplice plus terrible encore de la faim!

Il se souvint tout à coup du coffre placé sous les écoutes de poupe, et à sa grande joie, il le trouva fermé et intact. Il en retira une des bouteilles de vin qu'il y avait placées; il en but environ un verre et sentit ses forces se ranimer.

Il débarrassa la barque de l'eau qui la remplissait, enfonça solidement le grapin dans le sable, répara aussi bien que possible les avaries et songea enfin à prendre un peu de repos.

Quand il se réveilla le lendemain, le soleil était déjà très-haut sur l'horizon, et l'état de la mer tel qu'il pouvait le désirer pour se mettre en route.

Il n'y avait plus une seule rame dans la barque, mais le gouvernail y était resté attaché par une corde. Georges prit la barre et gouverna dans la direction où il pouvait trouver quelque archipel habité.

Que lui importait, en l'état où il était réduit, de tomber aux mains de sauvages, voire même de cannibales. Tout était préférable à l'abandon et à la détresse où il se trouvait.

La nuit vint, et les étoiles remplacèrent le soleil pour lui servir de guide.

Le jour parut, et quoique la barque marchât bien, avec le vent arrière, aucune terre n'était en vue.

Le vin, qui suppléait à toute autre nourriture, procurait à Georges une sorte de force nerveuse et factice qu'il sentait prête à lui échapper à tout instant.

La seconde nuit, il eut grand'peine à tenir les yeux ouverts; cependant, il ne lâcha pas un instant la barre du gouvernail.

Le soleil se leva. Rien encore en vue, aucun de ces indices qui indiquent l'approche de la terre.

Les forces du pauvre naufragé semblaient à bout. Le sommeil le gagnait — un sommeil avant-coureur sans doute de l'éternel repos, — et il lui devenait de plus en plus difficile de l'éloigner de ses paupières alourdies.

Ce ne fut cependant qu'au commencement de la troisième nuit qu'il y céda. Il passa à son doigt une clef de l'écoute de la grande voile, afin d'être réveillé si le vent venait à fraîchir.

Quelques minutes plus tard, la barque se gouvernait elle-même!....

DEUXIÈME PARTIE

La Nouvelle-Zélande.

I

Le sommeil de Georges était si profond que ni les secousses de l'écoute dont la clef était passée à son doigt, ni le roulis de la barque qui, n'ayant d'autre lest que le poids de son passager, fuyait devant la brise croissante, en courant des bordées fantastiques, ne purent le tirer de sa léthargie.

Il eût dormi bien longtemps encore, si un choc, qui le jeta des écoutes de poupe par-dessus les bancs de rameurs, ne l'eût enfin réveillé.

La barque venait d'échouer sur une grande plage nue qui, en toute autre occasion, lui eût semblé le plus triste des déserts.

Néanmoins, c'était la terre, et il la salua avec les plus vifs transports de joie.

Il jeta le grapin, et, quittant sa barque, il alla en reconnaissance.

Il se trouvait à l'entrée d'une large baie, en forme de demi-lune, avec une plage de sable tout autour. A certains signes qui ne pouvaient échapper à son regard investigateur,

5

Georges reconnut qu'un cours d'eau douce avait son embouchure dans le fond de cette baie.

C'était là qu'il devait se diriger. Il remonta en canot, longea le rivage et arriva enfin à la rivière où il s'engagea, après avoir traversé la barre qui en eût défendu l'entrée à une embarcation plus considérable que la sienne.

Du reste, aucun indice ne put lui indiquer si cette terre était ou non habitée.

C'était la première fois que Georges naviguait dans l'océan Pacifique, la première fois même qu'il s'était éloigné des côtes de France; il lui était donc difficile de savoir où il se trouvait.

Cependant, il s'était assez vivement intéressé aux voyages de découvertes entrepris peu d'années auparavant, pour ne pas être entièrement étranger à la topographie de ces régions encore si peu connues.

Que de fois il avait suivi sur la carte le capitaine Cook, relevant les distances, pointant les lieux de relâche, étudiant les moindres détails donnés par le hardi et savant navigateur.

Il avait souvent pensé que, s'il était tout à coup transporté dans les mers si minutieusement décrites, il n'aurait guère plus de peine à s'y diriger qu'il n'en avait à longer les côtes françaises de l'Océan et de la Manche.

Le moment était venu pour lui d'expérimenter ce qu'il y avait de vrai ou d'exagéré dans cette prétention.

Il rappela ses souvenirs, et bientôt la forme de la baie, son aspect, sa situation au sud d'une haute pointe de terre, le cours et la barre de la rivière qui y aboutissaient lui donnèrent lieu de penser qu'il se trouvait dans la baie de *Pauvreté* (1), où, au commencement d'octobre 1769, Cook aborda pour la première fois sur les côtes de la Nouvelle-Zélande.

(1) La baie *Tako-Malou* de l'*Astrolabe*, située à 40 milles au nord-nord-est de la baie *Taone-Iloa.*

La haute pointe située au nord était le cap Est. Il était par 37° 47' de latitude sud.

Ce qu'il savait du caractère et des mœurs des naturels lui parut résumé dans ce passage du capitaine Cook, qui se présenta à son souvenir :

« Les habitants de la Nouvelle-Zélande sont toujours en guerre et n'estiment que l'art de détruire leurs semblables.... Leur teint est encore rembruni par l'usage où ils sont de le tatouer ou plutôt de le découper en sillons réguliers. En général, ils sont d'une grande taille, robustes et formés pour la fatigue; leurs membres sont bien proportionnés et bien attachés, sauf leurs genoux qui sont très-élargis parce qu'ils appuient trop sur leurs jambes dans leurs pirogues. Cette nation est hospitalière et généreuse. Les guerriers y sont intrépides et hardis; leur inimitié est implacable et cruelle, et leur vengeance est telle qu'ils mangent leurs captifs. En général, les individus ont un jugement sain, du goût et de l'industrie.... »

Certes, il y avait dans ce portrait des traits caractéristiques de nature à produire sur Georges les impressions les plus opposées.

Les naturels l'accueilleraient-ils en ami ou en ennemi, et lui seraient-ils hospitaliers ou terribles ?

Tout dépendait de la manière dont il les rencontrerait; et, s'il eût été libre de choisir un autre atterrissement, il est évident qu'il n'eût pas voulu courir la chance, pour si mince qu'elle fût, d'être dévoré.

Il chercha une petite anse ombragée où il pût dérober sa barque aux regards, et quand il l'eut trouvée, il jeta le grapin et débarqua.

Au travers de ses incertitudes et de ses craintes, passaient, semblables à ces brillants éclairs qui illuminent le ciel sombre d'un jour d'orage, des visions radieuses de découvertes et de triomphes.

N'était-il pas étrange et d'un bon augure, se disait-il, que le hasard du vent et des flots l'eût conduit sur cette côte orientale et au point précis où Cook avait, pour la première fois, pris possession de la grande île, devenue ainsi le point de départ de tant d'autres découvertes, de tant d'autres conquêtes ?

Ce que le grand navigateur avait fait pour les côtes, ne pourrait-il, à son tour, le tenter pour l'intérieur du pays ?

Et sa jeune imagination entrevoyait déjà le moment où, de retour en France, il lui serait donné d'éclairer tant de points encore obscurs sur les mœurs, la végétation, les ressources enfin de cette importante partie de l'Océanie.

Élevant encore plus haut ses aspirations, il se voyait tenant en ses mains la civilisation de tout un peuple, et, au dire des autorités les plus compétentes, d'un peuple intelligent et industriel, m.... à l'état sauvage.

Pionnier heureux de la prédication évangélique, il jetait les bases d'une mission future et dont le succès serait assuré, parce que les naturels, ayant appris, grâce à lui, où était la lumière véritable, se seraient eux-mêmes tournés vers le plus ardent foyer de cette lumière, vers la France, pour réclamer la faveur d'en recevoir le rayonnement !

Il rêvait ainsi en cherchant sur les bords de la rivière, sinon quelques traces d'un pied humain, du moins quelque produit végétal qui pût lui servir à apaiser sa faim.

Mais, parmi les quelques arbres qui baignaient leurs racines dans les flots paisibles de la rivière, aucun ne portait de fruits, et les forêts qui se dressaient à l'horizon étaient trop éloignées pour qu'il songeât, ce jour-là du moins, à aller les visiter.

Le sol était presque entièrement couvert d'une fougère assez semblable à la nôtre, très-haute et très-fournie.

Georges crut se rappeler avoir lu dans des récits de voyages que cette fougère fournissait aux Nouveaux-Zélandais leur principale nourriture. Malheureusement, il ne se souvenait pas comment ils l'employaient; les feuilles qu'il essaya de manger lui parurent ne contenir aucun suc nourricier. De plus, elles étaient dures et filandreuses au point qu'il lui fut impossible de les mâcher.

Il se résigna à regagner sa barque, et comme il se rapprochait de l'endroit où il l'avait cachée, il aperçut çà et là une végétation plus basse et d'un vert plus doux que les fougères. Il s'en approcha, et il trouva des parties de terre fortement humectées soit par des infiltrations de la rivière, soit par des petites sources.

Quoi qu'il en fut, l'eau frémissait claire et limpide à travers les tiges capricieusement entrelacées d'une variété de cresson, assez semblable à celui de France, si ce n'est qu'il a la feuille beaucoup plus large.

C'était là une bonne fortune inappréciable qu'il se garda bien de négliger.

Après en avoir mangé, il sentit un soulagement soudain. Le feu qui lui brûlait la poitrine et la gorge se calma comme par enchantement. Son estomac, ranimé, lui sembla recouvrer ses forces, et il vit un nouveau bienfait de la Providence dans cette découverte faite avant tout autre, de manière à servir d'intermédiaire entre un jeûne si longtemps prolongé et une alimentation trop forte pour ses organes, tout à la fois surexcités et affaiblis.

La chasse ne pouvait offrir que de bien minces ressources à un homme ayant pour toute arme un couteau de poche. Georges cependant eût voulu rencontrer quelques quadrupèdes dont il eût étudié les habitudes de façon à leur dresser des pièges ou à les surprendre au gîte.

Il n'aperçut qu'un ou deux chiens sauvages qui s'enfuirent à son approche et quelques gros rats plus farouches et plus vites encore que les chiens.

Il est vrai que, si les quadrupèdes étaient rares, les oiseaux étaient nombreux et d'une extrême variété.

Dès cette première exploration, Georges en compta dix espèces au moins, parmi lesquelles il admira de superbes perroquets et de beaux pigeons ramiers de la grandeur d'une grosse poule, dont le plumage d'un bleu changeant et doré, miroitait au soleil avec toutes sortes d'agaceries insupportables.

— Vois comme nous sommes beaux, et viens nous prendre, semblaient-ils dire au pauvre affamé qui, certes, n'eût pas mieux demandé que de faire plus intime connaissance avec eux.

Mais la faim et le désir ne suffirent pas pour faire descendre à sa portée les habitants des airs, et Georges pensait qu'il lui faudrait, ce jour-là, se nourrir avec du cresson, lorsque, en approchant de la rivière, des coquilles qu'il vit briller sur le sable ranimèrent son espoir.

C'étaient, il est vrai, des coquillages depuis longtemps ouverts, mais les eaux qui les avaient déposés là devaient en contenir de vivantes !

Et, en effet, en se rapprochant de l'embouchure de la rivière, Georges trouva dans une partie où le fond était parsemé de blocs de pierres, une sorte de clovices qui lui semblèrent et qui étaient, en effet, délicieuses.

S'il eût su alors ce qu'il ne devait apprendre qu'un peu plus tard, que ce n'était pas la feuille, mais bien la racine de fougère qui servait à l'alimentation, il eût, dès cette première soirée, fait un excellent repas.

Telles cependant qu'elles s'étaient offertes à lui, les ressources de l'île lui semblèrent mériter toute sa reconnaissance, et, de retour dans son bateau, il s'endormit en rendant grâces au souverain Créateur de toutes choses.

II

Le lendemain, en se réveillant avec l'aube, Georges s'étonna de se sentir autant de force et de bien-être.

Il cueillit du cresson qu'il mangea avec quelques-unes des clovices pêchées la veille, prit quelques gorgées de vin, et, muni d'un flacon de rhum, il se dirigea vers l'intérieur du pays.

A mesure qu'il s'éloignait de la mer, le paysage lui apparaissait plus accidenté. Devant lui et aussi loin que sa vue pouvait porter, se développait un mélange agréable de plaines, de coteaux, de vallons et de montagnes.

Le sol indiquait à première vue de remarquables richesses minérales.

Tantôt son pied heurtait quelque bloc isolé de marbre blanc ou de marbre rouge jaspé indiquant quelque grand dépôt de la mer autour du noyau de l'ancienne terre.

Tantôt c'était du granit, dont la base paraissait être du gabbre à lames plus ou moins noires, parsemées d'une substance blanche pulvérulente, terne dans les unes, brillante et solide dans les autres.

Tantôt encore du quartz cristallisé, des pierres à feu, du silex, des agates calcédoineuses, des cailloux cristallisés intérieurement, d'autres transparents, d'autres encore fort singuliers, dont le noyau était fort dur, tandis que les couches extérieures, de nature pierreuse, mais n'ayant pas acquis leur dureté définitive, se levaient par couches friables.

Grâce à l'éducation que son père avait exigé qu'il complétât avant d'embrasser la carrière maritime, Georges savait assez d'histoire naturelle pour reconnaître et apprécier toutes ces richesses naturelles du sol.

Cette étude l'eût même absorbé et passionné, si les pressantes préoccupations du moment lui eussent permis de s'en occuper selon ses désirs.

Mais la nécessité de pourvoir aux besoins les plus impérieux de la vie, s'imposait à lui avec une force trop pressante pour qu'il ne se sentît pas obligé de passer rapidement au milieu de tant de sujets d'observations.

L'essentiel pour lui était de savoir si cette partie de l'île était habitée, et, dans le cas de l'affirmative, par qui elle était habitée.

En attendant, il avait à chercher et à utiliser les moyens d'existence que pouvait lui offrir le pays.

A ce dernier point de vue, les parties boisées l'attiraient tout particulièrement. Il lui semblait impossible que ces magnifiques forêts, au feuillage épais et sombre, dont les sommets se perdaient dans les nuages, ne dussent receler sous leurs ombrages, comme animaux ou comme fruits, les ressources les plus abondantes pour la nourriture de l'homme.

Il se trompait, et il le reconnut à première vue, quand, après une marche longue et fatigante, souvent entravée par la nécessité de se frayer un passage à travers de larges étendues de fougères, dont la hauteur dépassait parfois trois mètres, il arriva sur la lisière de la forêt.

Cette forêt, comme celles d'ailleurs de toute la Nouvelle-Zélande, était claire en quelques endroits, mais plus souvent embarrassée d'arbrisseaux épineux et de lianes inextricables qui en rendaient l'accès très-difficile.

Georges, néanmoins, n'hésita pas à s'y engager. Il constata une grande variété dans les essences d'arbres qui la composaient et qui lui étaient inconnues, sauf une espèce de myrthe très-beau, très-odorant, d'une hauteur moyenne de dix à douze mètres, des gaïacs, des sassafras et enfin des cèdres à feuilles d'olivier (1),

_____

(1) Ce cèdre est très-résineux. La résine qu'il produit est blanche, transparente et répand, quand on la brûle, un parfum très-prononcé d'encens. C'est l'arbre le plus haut

qui lui semblèrent et qui sont, en effet, les rois de la flore sylvaine de ces régions.

Il s'arrêta avec admiration sous plusieurs de ces arbres, qui mesuraient de trente à quarante mètres, depuis la terre jusqu'à la naissance de leurs branches.

De très-gros perroquets, au plumage noir varié de bleu et de rouge, se balançaient aux branches de ces arbres et faisaient entendre leurs cris aigus, auxquels semblait répondre le gazouillement du loris au brillant plumage.

Georges était émerveillé de ces beautés naturelles ; l'aspect de cette forêt vierge exerçait sur son esprit une sorte de fascination, qui alla jusqu'à lui faire oublier pendant quelques heures la situation où il se trouvait.

Comprenant enfin combien peu de ressources lui offrait, pour la vie matérielle, l'intérieur des terres, il s'arracha à sa contemplation, et il revint vers la rivière, dont il suivit le rivage jusqu'à l'endroit où était sa barque.

Pendant ce parcours, son exploration fut plus satisfaisante.

Non-seulement les eaux étaient très-poissonneuses, mais en quelques endroits où le terrain déformé et imprégné d'humidité, s'était transformé en marécages, le bruit qu'il fit en passant fit lever des troupes nombreuses de canards sauvages, de sarcelles et de poules d'eau ; mais, au lieu de paraître effrayés et de s'enfuir, comme chez nous, à la vue de l'homme, ces oiseaux, comme s'ils étaient désireux de voir de plus près le visiteur inconnu qui venait partager leur solitude, se prirent à voler autour de lui, si bas et si près, qu'il lui sembla qu'il lui serait aisé, avec un simple bâton, d'en abattre autant qu'il lui en faudrait pour sa nourriture (1).

---

et le plus commun de la Nouvelle-Zélande ; son élasticité et sa force le rendent très-propre à faire des mâts de vaisseaux.

(1) Le capitaine Marion, dans la relation de son voyage à la Nouvelle-Zélande (1772), dit à ce sujet : « J'ai remarqué que, dans les premiers jours de notre arrivée, tous les oiseaux du pays paraissaient familiers et se laissaient approcher au point qu'on les tuait

Ne jugeant pas à propos de s'aventurer dans des terrains
mous, dont il ne connaissait pas la nature, il remit à un moment
plus opportun l'ouverture de cette chasse. Mais il sentit diminuer
ses inquiétudes ; nouveau Robinson, il trouverait les moyens de
suppléer à ce que pourrait lui manquer du côté des hommes, par
son industrie et sa bonne volonté.

Fixé à l'égard du gibier, et comptant sur son esprit d'observation et d'initiative pour les mettre à même d'utiliser la fougère,
il tourna ses investigations du côté de la rivière.

A mesure qu'il se rapprochait de la mer, les poissons qui
peuplaient ses eaux étaient plus nombreux et plus beaux.

Il y aperçut des bars et des barbeaux magnifiques, et une
foule d'espèces qui lui étaient inconnues. Ne doutant pas que la
mer ne lui réservât sous ce rapport des découvertes encore plus
importantes, il résolut de consacrer la journée du lendemain à
explorer la côte.

Pour ce jour-là, il se contenta de cueillir une botte de cresson
et de pêcher à la main, sur le bord de l'Océan, quelques petits
poissons.

Ensuite il ramassa quelques brassées de fougère séchée, la
disposa en tas au-dessus d'une petite fosse, où il avait placé son
poisson, et l'alluma au moyen du feu qu'il obtint en battant le
briquet du dos de son couteau, sur une des pierres à fusil qu'il avait
ramassées au cours de son excursion.

C'était la première tentative qu'il faisait pour se procurer des
aliments cuits, et il fut enchanté du résultat :

— Jamais, se dit-il, jamais meilleur poisson n'a été servi
même sur une table princière.

Ce qu'il y a de certain, c'est qu'il n'avait jamais rien mangé
d'un si merveilleux appétit.

Son repas achevé, il se coucha comme la veille dans sa barque ;

avec des pierres et à coups de bâton. Mais lorsque nos jeunes gens eurent chassé au fusil
pendant quelques jours, le gibier devint farouche. Les insulaires pouvaient encore en
approcher, mais il fuyait de très-loin nos chasseurs. »

mais, malgré les fatigues de la journée, il ne s'endormit pas immédiatement.

Il pensait que la clarté ou la fumée de son feu avait pu signaler sa présence aux insulaires, il regrettait de l'avoir allumé si près de sa barque ; en un mot, il craignait d'être surpris.

Le sommeil cependant finit par triompher de sa prudence. Il n'eut pas à le regretter, la nuit se passa paisiblement.

III

Tout ce qu'il lui importait de savoir immédiatement au sujet de la terre, Georges l'avait appris pendant la journée précédente. Il jugea qu'il devait tourner son investigation du côté de la mer, c'est-à-dire qu'il importait qu'il fît le tour de la baie pour en reconnaître le rivage.

Il fit sortir dès le matin sa barque de la crique où elle était abritée, et, descendant la rivière, il repassa la barre qui en défendait l'entrée.

La mer était calme et tout à fait propice pour la petite expédition qu'il projetait.

Des corbeaux, des bécassines de mer, des cormorans, des aigrettes blanches et noires, semblables à celles de France, et un oiseau d'un très-beau noir de la grosseur de la bécasse de mer, avec le bec et les pattes d'un rouge vif (1), saluaient à leur manière le lever du soleil.

(1) Tous ces oiseaux sont bons à manger, excepté les aigrettes dont la chair est trop sèche. On trouve encore, sur le littoral de la Nouvelle-Zélande, des guelettes grises et blanches, des envergures et des fois blancs à tête noire, que les marins appellent *manches de velours*. Ces trois dernières espèces ont une chair trop coriace et trop huileuse pour être mangée.

Georges les voyait tantôt raser les eaux, tantôt s'élever
dans les airs comme s'ils eussent voulu faire entendre de plus
près au Seigneur, l'hymne de reconnaissance et d'amour.

Du côté du cap Est, la côte se relevait sensiblement, et à
l'extrémité de la baie, elle était bordée de récifs qui forcèrent
Georges à s'écarter du rivage.

A sa grande joie, non-seulement les intervalles qui séparaient
ces récifs formaient comme des réservoirs naturels où la pêche ,
devait être très-facile, mais encore les bancs d'innombrables
molusques et les familles non moins nombreuses de crustacées
qui s'y accumulaient depuis des siècles, constituaient à son
profit un garde-manger inépuisable.

Il y prit un homard et quelques crabes qu'il jeta au fond
de sa barque pour les besoins du jour, et il s'amusa à ouvrir
quelques coquillages qu'il arrosa de deux ou trois gorgées de
rhum et qu'il trouva délicieux.

Dans la partie de la baie dont les eaux venaient doucement
mourir sur le sable fin de la plage, la mer était si tran-
quille et les poissons si nombreux que Georges les voyait
distinctement évoluer sous l'eau.

Parmi les espèces qu'il reconnut, telles que vieilles de différentes variétés, des morues, des maquereaux énormes, il
admira plusieurs sortes de poissons de couleur rouge écarlate
dont quelques-uns étaient de la taille d'une grosse morue.

Georges ne doutait plus qu'il ne lui fût facile de se suffire
à lui-même dans le cas où l'île serait déserte; il avait cueilli
la veille quelques tiges d'une espèce de mauve dont il avait
détaché une filasse très-souple et très-soyeuse qui, au rouis-
sage, devait donner d'excellents résultats, et en différents
endroits il avait remarqué une argile probablement très-propre
à la poterie.

Les éléments d'une installation satisfaisante étaient donc placés
par la nature elle-même sous sa main, et avant même qu'il

eût le temps de les utiliser, la vie, à tout prendre, ne serait pas trop difficile.

— Oh! si seulement j'avais du sel!

Ce cri, qui lui avait échappé la veille en mangeant son poisson largement assaisonné de cresson, revint sur ses lèvres, en longeant la plage basse et brûlante dont l'aspect lui rappelait les points du littoral français choisis pour l'installation des salines.

Il se disait qu'il n'était pas bien difficile de creuser des canaux et d'y soumettre de l'eau de mer à l'évaporation; mais cette évaporation ne se fait pas instantanément, et comprenant que, sans ce précieux et nécessaire condiment, la nourriture lui paraîtrait d'autant plus insipide qu'il s'éloignerait du moment où le jeûne prolongé des derniers jours l'empêchait de trouver aucun défaut aux aliments que réclamait son estomac affamé, il cherchait un moyen d'y suppléer.

Pendant que son esprit était ainsi occupé, une odeur pénétrante qui rappelait celle de la violette le fit tressaillir. Aussi loin que l'œil pouvait s'étendre, la rive était sablonneuse et unie. Pas un arbuste, pas un brin d'herbe.

D'où provenait ce parfum? et que signifiait le vague souvenir qu'il éveillait dans son esprit?

Telle était la question que Georges se posait avec persistance, une légère buée presque imperceptible, qui s'élevait d'un point peu éloigné de la plage, fut pour lui un trait de lumière.

La saline qu'il voulait créer existait naturellement!

Jeter le grapin, s'élancer sur le rivage, courir à l'endroit indiqué fut l'affaire d'un instant. Dans deux ou trois creux reliés entre eux par de petites rigoles, l'eau de la mer, amenée par une infiltration invisible, ou déposée par le flot un jour de tempête, formait une sorte de marais salant dont la teinte rosée et la pénétrante saveur marquaient la cristallisation du sel.

Un peu d'aide prêté à ce travail de la nature devait suffire pour créer un véritable établissement. En attendant, il était impossible qu'en certaines parties moins profondes des rigoles, il ne se rencontrât pas quelques cristaux déjà formés.

Les recherches de Georges à cet égard ne furent pas infructueuses, et bientôt il eut recueilli une provision suffisante pour plusieurs jours.

Plus heureux de cette découverte qu'aucune de celles qui l'avaient précédée, il regagna sa barque et remonta la rivière jusqu'à la petite crique où il avait décidément établi son campement.

IV

Cette vie « de Robinson » avait, à certains égards, un véritable attrait pour Georges, à qui la nécessité de se suffire à lui-même faisait apprécier, comme peut-être il ne l'eût jamais fait sans cela, les avantages des connaissances résultant de son éducation et surtout de l'habitude d'observer et de se rendre compte des moindres faits, que lui avait donnée son père.

Le septième jour, après une excursion dans les terres, plus longue que de coutume, excursion qui l'avait confirmé dans la pensée que cette partie de l'île était entièrement inhabitée, Georges s'était couché de bonne heure.

Un grand tumulte le réveilla en sursaut. Il se mit sur son séant, et aux dernières clartés du jour, il vit un grand nombre d'hommes, qui, réunis sur le bord de la rivière, du côté opposé où il était lui-même, criaient et gesticulaient en se montrant sa barque.

L'aspect de ces hommes avait quelque chose de si fantastique que Georges se crut d'abord le jouet d'un rêve.

Mais les cris farouches, qui redoublèrent à sa vue, ne le laissèrent pas longtemps dans l'illusion. Soit que les Zélandais eussent découvert sa présence dans l'île, soit que le hasard de leurs chasses ou de leurs guerres les eût conduits vers lui, toujours est-il qu'ils étaient trop près pour qu'il pût essayer de leur échapper par la fuite, et trop nombreux pour qu'il fût sage de les accueillir en ennemis.

Il se dressa donc de toute sa hauteur et s'ingénia à exprimer, par gestes, ses intentions pacifiques.

L'attitude des insulaires était loin d'indiquer les mêmes dispositions.

— J'imagine qu'ils ne pensent guère en ce moment à faire preuve d'hospitalité à mon égard, mais bien plutôt aux préparatifs d'un succulent dîner dont ma chair fera les principaux frais, se dit Georges.

Et, malgré tout son courage, il se prit à frissonner.

Néanmoins, il ne perdit pas son sang-froid, et embrassant d'un rapide coup d'œil les groupes pressés sur le rivage, il put s'assurer de l'exactitude des récits qu'il avait lus.

C'étaient bien là « ces hommes grands, actifs et bien faits, au teint brun, aux cheveux noirs, tantôt droits, tantôt frisés, et qui, s'ils n'étaient pas défigurés par le tatouage, pourraient rivaliser avec les Européens les mieux partagés comme régularité et expression des traits. »

« S'ils n'étaient tatoués. » Mais, hélas! ils le sont, et jamais, dans ses créations les plus fantastiques, un artiste européen n'imagina rien d'aussi bizarrement hideux que cet assemblage de lignes ou plutôt de sillons tracés sur un visage humain pour le défigurer (1).

(1) M. Richard Cruice, dans la relation de son voyage à la Nouvelle-Zélande, dit à ce sujet : « Les Nouveaux-Zélandais offrent dans leurs traits autant de variétés que les

En se voyant ainsi pour la première fois en présence de
sauvages, Georges comprit combien peu l'expérience et les
récits d'autrui peuvent familiariser l'imagination avec le caractère
véritable des races que la civilisation n'a point touchées de
son souffle bienfaisant.

— Les théories, alors très à la mode sur la puissance édu-
catrice de la nature — théories dont Jean-Jacques Rousseau et
Bernardin de Saint-Pierre étaient les ardents apôtres, — ne sou-
tiennent pas l'examen, pensa-t-il, lorsqu'on a seulement
pendant quelques secondes devant les yeux un spectacle semblable.

S'il eût pu fuir, au risque de passer sa vie entière seul
et abandonné sur ces rivages alors encore presqu'inconnus des
Européens, il n'eût pas hésité.

Mais il n'y avait pas à y songer. Le seul parti à prendre
était de chercher à tout prix à se concilier au moins quelques
esprits parmi ces sauvages.

Aux clameurs assourdissantes, qui remplissaient l'air d'un
bruit si affreux que Georges se demandait s'il n'y avait pas des
milliers d'individus cachés derrière les groupes en vue, un
silence soudain succéda.

Les insulaires se consultaient sur la conduite qu'ils devaient
tenir. La décision probablement fut unanime, car, après
quelques instants, plusieurs hommes se jetèrent dans la rivière
et nagèrent vers la barque.

Au même moment, Georges vit plusieurs pirogues qui
venaient de traverser la barre et remontaient le courant.

Européens ; leur physionomie, qui n'a pas de caractère national saillant, est, avant l'âge
du tatouage, généralement régulière et agréable ; du moins ceux que nous avons vus, avant
qu'ils eussent subi cette opération, avaient un beau visage.

« Les dessins du tatouage varient suivant les différentes tribus. Un individu qui a atteint
sa vingtième année et qui n'est pas tatoué n'est pas considéré comme un homme.

» Le Nouveau-Zélandais supporte avec un courage surprenant cette pénible opération
qui, jusqu'à l'âge le plus avancé, se renouvelle de temps en temps à mesure que les traits
s'affaiblissent.... L'inflammation qui en résulte est si grande qu'on ne peut jamais
l'exécuter que graduellement. Des mois et quelquefois des années s'écoulent avant que la
figure soit entièrement tatouée.... L'homme qui ne se soumettrait pas au tatouage serait
méprisé et traité comme une femme. »

Sa décision fut aussitôt prise. Il leva rapidement le grapin qui retenait sa barque au rivage, déploya sa voile, et, aidé par le courant, très-fort en ce moment, et par le vent qui soufflait de terre, il descendit rapidement à la rencontre de la première pirogue, à l'avant de laquelle était un homme qu'à son attitude, et surtout à l'espace libre que ses compagnons laissaient autour de lui, il était aisé de reconnaître pour un chef.

— Mieux vaut avoir le mérite de me rendre que de me laisser enlever à l'abordage, s'était dit Georges.

La réflexion le confirma dans ce premier mouvement de Français et de marin.

— Pour peu, se dit-il, que ces hommes soient capables de générosité, ils épargneront un prisonnier volontaire et désarmé.

Les hommes des pirogues s'imaginèrent sans doute que l'intention de Georges était de fuir, car, sur un ordre du chef, ils manœuvrèrent de manière à mettre leurs embarcations en ligne, après quoi ils continuèrent à avancer en couvrant la largeur du fleuve.

Georges mit la barre sur la pirogue du milieu, celle du chef, et quand il en fut tout près, il croisa les bras sur sa poitrine et inclina la tête.

Tous les peuples comprennent ce signe éloquent de soumission. Le chef y répondit par le signe d'accoster la pirogue.

Pendant que Georges obéissait à cet ordre péremptoire, quoique muet, deux ou trois insulaires sautèrent dans sa barque qui faillit chavirer.

A en juger par l'examen auquel ils se livrèrent, et surtout aux exclamations qui leur échappaient, il était aisé de juger qu'ils n'avaient jamais vu d'embarcation européenne.

La voile surtout excitait leur étonnement, ils la tiraient dans tous les sens, et ils poussaient de grands éclats de rire lorsque, selon le plus ou moins de développement qu'ils lui laissaient, ils voyaient la barque évoluer de façons diverses.

6

Ils semblaient du reste considérer l'embarcation elle-même comme un objet de curiosité bien plus que d'utilité, et lorsque le chef, après avoir fait signe à deux de ses vigoureux compagnons de veiller sur son prisonnier — Georges ne pouvait plus, hélas ! se considérer comme un hôte ! — fut entré lui-même dans le canot, le sort destiné à ce dernier ami, à ce suprême espoir du pauvre naufragé, ne laissa plus aucun doute : séduit par la blancheur de la voile, le chef en déchira une large bande qu'il noua autour de sa taille en guise d'écharpe; les assistants se précipitèrent pour suivre son exemple, et bientôt il ne resta plus de la voile que quelques étroites banderolles flottant au haut du mât.

La barre du gouvernail, le grapin et les cordages furent portés en trophée sur la pirogue du chef.

Après cette dévastation et ce pillage, qui s'étaient accomplis en un instant, la pauvre barque, désemparée et abandonnée au caprice du flot, fut rapidement entraînée à la dérive.

A ce moment, les hommes qui, après s'être mis à la nage pour traverser le fleuve, avaient suivi la direction prise par Georges, rejoignirent les pirogues.

Il y eut de bruyantes explications échangées. Les nouveaux venus racontaient sans doute la manière dont ils avaient découvert l'embarcation et la position qu'elle occupait dans la crique.

Peut-être discutaient-ils pour établir à qui devait appartenir le profit de l'importante capture de cet homme, dont le visage, les manières, les habits, le mode surtout de navigation, étaient à leurs yeux d'inexplicables mystères.

Quoi qu'il en soit, Georges eut l'intuition qu'à ce moment, son sort se décidait; la plus ardente supplication qu'il eût encore élevée vers Dieu sortit de son cœur.

V

D'autres pirogues, venant aussi de la mer, avaient rejoint celles aperçues d'abord par Georges, et ce fut une véritable flottille qui se dirigea vers le point où, en les attendant, les insulaires avaient allumé de grands feux.

En approchant, une ou deux pirogues se détachèrent pour aller, sur l'ordre du chef, explorer la petite crique qui avait servi d'abri à la barque de Georges.

Ils voulaient s'assurer que celui-ci n'avait pas de compagnons, ou peut-être voulaient-ils voir s'il n'avait pas laissé sur le rivage quelque objet dont ils pussent s'emparer.

Pendant qu'ils se livraient à leurs recherches, le reste des pirogues atterrissait sur l'autre rive, et le chef donnait des ordres nombreux.

Georges ne comprenait pas le sens de ces ordres, mais il sentait qu'ils se rapportaient à lui.

Il vit des coureurs partir dans différentes directions, et, pendant que ses gardiens le maintenaient un peu à l'écart, un conseil d'hommes qu'à leur air et à leur attitude, bien plus qu'aux ornements dont ils avaient le monopole, il était aisé de reconnaître pour les dignitaires de la peuplade, se réunit autour d'un des feux et délibéra (1).

(1) Il ne faut pas croire que les divisions de castes soient un des résultats de la civilisation, comme beaucoup de gens se l'imaginent. L'égalité de rang ne se rencontre nulle part, et, partout, les distinctions sociales amènent des différences notables même dans le physique, qui semblent prouver qu'elles sont une conséquence des dispositions naturelles de l'humanité. Ainsi, en ce qui concerne les Nouveaux-Zélandais, « il existe une différence frappante pour la stature et les formes entre les *rangatiras*, c'est-à-dire les membres de la classe élevée, et les *koukis* ou esclaves. Plusieurs de ces derniers sont presque noirs, et leur taille est au-dessous de la moyenne. »

Cette délibération fut longue, et, aux regards souvent tournés vers lui, regards menaçants et furieux chez les uns, regards empreints de pitié et peut-être d'une évidente admiration chez les autres, Georges comprit que son arrêt était vivement discuté.

Bien que laissant une certaine place à l'espérance, la décision fut loin d'être favorable au prisonnier. Après lui avoir enlevé son couteau que le chef s'attribua, et l'avoir dépouillé de ses vêtements qui furent aussitôt mis en lambeaux et partagés, on le garrotta si étroitement que tout mouvement lui était impossible, et on l'attacha en cet état à un arbre.

La nuit était froide; le temps, qui depuis son arrivée avait été très-beau, s'était tout à coup chargé d'humidité, et il commençait à tomber une pluie fine et pénétrante qui le glaçait jusqu'à la moelle des os.

La nuit tout entière devait se passer ainsi.

Cependant de grands feux, servant évidemment de signaux, avaient été allumés sur différents points de l'horizon; et, dès le matin, on vit arriver, soit à pied, soit en pirogue, une foule nombreuse.

Chaque arrivant venait curieusement vers Georges, le regardait, le palpait; les uns riaient, se moquant sans doute de ce qu'il n'était pas tatoué; les autres l'honoraient de longs discours, le plus grand nombre l'insultaient et le menaçaient.

La pluie cessa à l'aurore, mais avec le lever du soleil commença pour le malheureux prisonnier un supplice peut-être pire que celui de l'humidité et du froid : l'arbre isolé, auquel il était attaché justement du côté de l'orient, avait son feuillage trop élevé pour intercepter les rayons du soleil qui, frappant son corps nu, lui causaient d'intolérables douleurs.

Plusieurs chefs étaient maintenant réunis, et un nouveau conseil eut lieu.

Pendant ce temps, les femmes préparaient le repas du matin.

Ce repas consistait en racines de fougère et en poissons grillés sur des charbons ardents.

En voyant comment les femmes s'y prenaient, Georges comprit pourquoi il n'avait pu utiliser le précieux végétal.

Les feuilles et les tiges, qu'il avait si vainement essayé de manger, étaient jetées, et c'étaient les racines, qu'il n'avait même pas songé à arracher, qui étaient transformées en aliment.

Encore cette transformation demandait-elle une certaine science culinaire.

Ces racines, débarrassées de la terre et des corps étrangers qui pourraient y adhérer, sont lavées avec soin et ensuite grillées soit sur des pierres rougies au feu, soit dans des cendres chaudes. On les place ensuite sur un bloc de bois ou sur une pierre, et on les bat avec un morceau de bois jusqu'à ce qu'elles forment une sorte de pâte molle.

Cette pâte durcit, en se refroidissant, et, par le goût et l'apparence, elle rappelle le pain.

Cependant, après un long débat, les chefs qui étaient au nombre de cinq se levèrent, et celui d'entre eux, à qui Georges s'était rendu la veille, et dont le nom, Emaï, qu'il avait entendu prononcer plusieurs fois, était resté dans sa mémoire, s'approcha de lui, et lui adressa d'un ton solennel quelques mots que, bien entendu, il ne comprit pas; après quoi, il le détacha et le conduisit au milieu du cercle formé par les membres du conseil, où il le fit asseoir.

Était-ce un signe d'amitié et de protection; était-ce le commencement de son supplice?

Les hommes étaient revêtus de leur costume de guerre, et ce costume, dont les détails lui avaient échappé la veille, frappa assez vivement Georges pour détourner un instant son esprit de sa triste situation.

La coiffure consistait, pour les chefs, en une sorte de chignon formé de toute leur chevelure ordinairement fort épaisse et fort longue, relevée au sommet de la tête et surmontée de trois ou quatre grandes plumes blanches.

Les autres hommes portaient leurs cheveux pendants.

Tous indistinctement étaient vêtus de deux nattes d'un tissu plus ou moins fin et soyeux, dont les couleurs dominantes étaient le blanc et le rouge.

Une de ces nattes, retenue par une ceinture autour des reins, enveloppait le corps jusqu'à mi-jambe. L'autre, simplement jetée sur les épaules, était fixée sur la poitrine par une attache.

Cette seconde natte est presque universellement fabriquée en gros chanvre de phormium, entrelacé avec une espèce de jonc menu, aigu et flexible, noirci au feu, dont les pointes sortent en dehors, tandis que les tiges sont rabattues les unes contre les autres comme les soies du porc-épic. L'eau glisse sur ces nattes sans traverser leur tissu, comme sur un toit de chaume, et Georges, en voyant les insulaires accroupis sous ces singuliers manteaux, la tête seulement paraissant au dehors, ne put s'empêcher de les comparer à des ruches d'abeilles rangées autour de lui.

Un signal du chef fit lever tous les assistants. Georges put s'assurer qu'ils ne portaient aucune espèce de chaussure.

Tous ceux qui, la veille, avaient eu le bonheur de se procurer quelque lambeau de la voile du canot, ou quelques parcelles des vêtements du prisonnier, les étalaient avec complaisance, et en tiraient une évidente vanité.

Emaï portait le couteau de Georges suspendu à la ceinture, et le grapin de la barque était posé à côté de lui comme un glorieux trophée.

Outre le tatouage, des ornements très-variés achevaient de donner la plus bizarre expression à la physionomie des insulaires.

Des dents de requin, des petits morceaux de bois capricieusement taillés, des coquillages, des cailloux brillants, et, détail sinistre, des parcelles d'ossements humains étaient mêlés à leur chevelure.

Des objets non moins divers et singuliers étaient suspendus aux oreilles et au cartillage qui forme la cloison du nez.

Une distinction qui sembla à Georges, et qui était réellement réservée aux chefs, consistait en pendants d'oreilles formés de dents de poissons longues et très-tranchantes (1).

Des colliers, composés de morceaux d'os, de roseau et de sertulaires, dont la taille et la nuance étaient assorties avec beaucoup de goût, entouraient leur cou et tombaient fort bas sur leur poitrine, au milieu de laquelle se balançait un morceau de jade vert d'une figure bizarre (2).

Beaucoup d'entre eux portaient en outre des bracelets semblables au collier, et la plupart avaient, fixées à l'endroit où leurs nattes se rattachaient sur la poitrine, une ou plusieurs petites baguettes recourbées et longues d'une dizaine de centimètres, en serpentine, ou en dent de sanglier.

Les cinq chefs étaient appuyés sur une espèce de hallebarde d'environ deux mètres de long, un peu aplatie par un bout, et terminée de l'autre par une espèce de fer de lance applati, travaillé avec art, et enrichi de touffes de plumes de perroquet (3).

Cette hallebarde était remplacée, pour les autres hommes, par une lance dont la longueur variait de deux à sept ou huit mètres, et dont la pointe était, selon le caprice ou plutôt les moyens de son possesseur, en pierre aiguisée, en os tranchant, ou simplement en bois très-dur (4).

Une hache d'armes (5), d'environ un mètre soixante centimètres, accompagnait la lance. En bois très-dur, terminée à une extrémité par un quart de cercle de vingt centimètres de rayon

(1) Ces dents proviennent d'une espèce de requin.
(2) Cette figure de jade vert, qu'ils nomment *pounamou* et à laquelle ils attachent un grand prix, est pour les insulaires de la Nouvelle-Zélande une sorte d'amulette dont ils défendent la possession au péril de leur vie.
(3) Le *kenf*.
(4) Les Zélandais font également usage de lances très-légères, qu'ils lancent au moyen d'une corde fixée à un bâton, à peu près comme on le fait d'une pierre avec la fronde.
(5) Les naturels l'appellent le *patou*.

et tranchant sur les bords, tandis que l'autre extrémité se termine en pointe, cette arme est réellement terrible entre les mains vigoureuses et sûres qui la manient.

Mais l'arme nationale et réellement redoutable du Nouveau-Zélandais, celle qui attira surtout l'attention de Georges, qui n'en connaissait pas encore le nom, mais qui en devina l'usage, c'est le *mere*, sorte de casse-tête en bois dur, en basalte, en os de baleine et le plus souvent en jade (1).

Le *mere* a la forme d'un ovale de cinquante-cinq à soixante centimètres de long sur douze à quinze de large. Assez épais dans le milieu, il est tranchant sur les bords. Un cordon, passé dans un trou percé au milieu du manche, permet de le porter suspendu au poignet.

Le Nouveau-Zélandais, en paix ou en guerre, ne se sépare jamais de son *mere*, il s'en sert pour parer une agression inattendue, pour donner le coup de grâce à l'issue d'un combat, et surtout pour assommer les prisonniers ou les esclaves condamnés à être sacrifiés (2).

Tous les objets que nous avons été forcé de décrire longuement, mais dont Georges embrassa en quelques instants l'ensemble, étaient merveilleusement exécutés; leur éclat, leur poli

(1) Le jade, qui joue un grand rôle dans l'industrie de la Nouvelle-Zélande, est une pierre très-dure, d'un vert olivâtre, et se prêtant très-bien à la taille.

(2) Au moment où se passe notre histoire, bien peu des insulaires de la Nouvelle-Zélande soupçonnaient l'existence des armes à feu. L'usage du fer leur était plus connu; quelques épaves de naufrage en avaient apporté sur les côtes, et il était aussi apprécié, aussi recherché qu'il était rare.

Outre les armes dont nous venons de parler, les projectiles dont les naturels se servaient étaient les pierres. Leurs *pas* ou villages fortifiés, leurs retranchements et leurs pirogues en étaient toujours abondamment pourvus.

Il est à remarquer qu'ils ne connaissent l'usage ni du bouclier, ni de l'arc, ni de la fronde.

On comprend que, depuis qu'ils ont pu apprécier l'immense supériorité des armes à feu, de la poudre et un fusil — *poudra* et *fos* — sont devenus le but constant et presque unique de leurs désirs et de leurs demandes aux Européens. Les fusils à deux coups leur paraissaient ce qu'il y a de plus désirable au monde : on peut, à leur aide, tuer deux ennemis à la fois, aussi les appellent-ils fusils à deux hommes — *pou dona tangata*; — à quel taux doivent-ils apprécier les révolvers à douze coups, s'ils sont introduits chez eux!...

étaient admirables, et plusieurs étaient enrichis de curieux bas-reliefs. Si Georges eût su que, pour les exécuter, les naturels n'avaient que des outils en pierre ou en coquille, il eût mieux apprécié encore l'adresse et l'industrie des sauvages.

Mais revenons à notre récit.

Après que, sur un signe des chefs, les guerriers, rangés en cercle autour d'eux et de Georges, se furent levés, Emaï prononça une harangue dont la durée, assez courte cependant, permit au prisonnier de faire les remarques que nous venons de rapporter.

La harangue achevée, les guerriers s'inclinèrent en signe d'assentiment, et s'accroupirent de nouveau, immobiles et serrés dans leurs nattes.

Alors les chefs prirent leur *mere* à la main, et marchèrent en avant et en arrière dans le cercle, en prononçant de brèves paroles. Parfois leurs voix devenaient menaçantes, et, en passant près de Georges, ils levaient leur *mere* comme prêts à le frapper.

Georges sentait tous les yeux fixés sur lui, et, quelles que fussent ses émotions, il ne sourcillait pas.

Son sang-froid parut lui conquérir la sympathie de ses juges, qui, repassant le cordon de leur arme à leur bras, allèrent parler à l'un des guerriers.

Celui-ci se leva, entra dans le cercle et s'approcha du prisonnier, qui, croyant son heure venue, envoya un rapide souvenir à son pays et à son vieux père, et recommanda son âme à Dieu.

La hache du sauvage effleura ses mains, non, comme il le supposait, pour les briser, mais, au contraire, pour en faire tomber les liens qui n'en avaient point été déliés comme ceux des jambes, lorsqu'on l'avait détaché de l'arbre.

L'homme lui fit signe de se lever et de le suivre.

Le cercle s'ouvrit pour le laisser passer lui et son guide.

Celui-ci le conduisit à quelque distance, et le remit à un groupe de femmes qui s'empressèrent autour de lui, lui présentèrent une natte pour se couvrir et lui apportèrent des branches de fougère ruisselantes d'eau pour lotionner ses mains et ses bras rouges et gonflés.

Elles lui présentèrent ensuite à manger un peu de poisson grillé et de la racine de fougère préparée à point.

Georges comprit que, s'il n'était pas encore irrévocablement sauvé, un sursis du moins lui était accordé, et, se souvenant du proverbe italien : « *qui a temps a vie,* » il se sentit plein de courage et d'espoir.

Il fit honneur au repas, tout primitifs qu'en fussent la préparation et le service, et, fidèle aux traditions du caractère français, il se drapa dans sa natte avec une bonne grâce qui dût assurément produire une impression favorable sur ses hôtesses!

Pendant ce temps, le cercle s'était rompu, et les hommes, réunis par groupes, prenaient leur repas.

Ces groupes étaient généralement assez animés, et Georges remarqua que le langage, qui, quelques instants auparavant, lui avait paru sur les lèvres des chefs plein d'expression et d'énergie, prenait, dans l'échange de sentiments plus intimes, une douceur remarquable.

Il lui parut, dès cette première audition, que la langue, très-bornée dans les mots qui la composent, trouvait une compensation à cette pauvreté dans l'heureuse application de particules modifiant si bien les expressions, que lui, qui ne comprenait pas la valeur de ces modifications, en saisissait cependant le son.

Il reconnut toutes nos voyelles, plusieurs de nos diphtongues et sept à huit de nos consonnes. Une seule lettre, que nous n'avons pas et qu'il se représenta par un *ng* guttural, lui fit prévoir quelque difficulté, s'il était destiné à faire un long séjour parmi les naturels.

En somme, cette langue, composée de mots ayant rarement plus de deux syllabes, et se terminant toujours par une voyelle, frappa agréablement son oreille (1).

(1) Nous pensons que nos lecteurs liront avec intérêt les détails suivants que nous empruntons à M. Dumont d'Urville. — En parlant du génie et des éléments de la langue des insulaires de la Nouvelle-Zélande, le savant navigateur dit :

« Les substantifs sont indéclinables; leurs *cas* ou *rôles* dans le discours sont indiqués par des particules qui les précédent, savoir : *no* au génitif, *ki* au datif, *e* au vocatif et *i* à l'ablatif; *ng* devant un substantif désigne le pluriel.

» Les substantifs comme les adjectifs n'admettent point de genre; généralement les adjectifs se mettent après les noms.

» Les comparatifs et les superlatifs se forment par des particules placées après ou avant l'adjectif que l'on veut modifier.

» Les pronoms sont assez compliqués, et ceux de la première personne admettent deux espèces de pluriels et deux espèces de duels. Ainsi *ahau*, moi, a un premier pluriel *tatou*, nous tous, en parlant de toutes sortes de personnes indistinctement, et un second *matou*, quand il s'agit seulement de toutes les personnes dont on veut parler. Il a de même un premier duel *taoua*, nous deux pour moi et la personne à qui je parle, et *manoua* pour moi et la personne dont je parle. Il en est de même des autres pronoms personnels et de tous les pronoms possessifs.

» Le verbe est un mot invariable, et dont les temps divers ne sont exprimés que par des particules placées devant ou après la racine constante. Quant aux personnes, elles sont indiquées par le pronom personnel qui suit toujours le verbe, excepté au futur où il le précède.

» Ainsi pour *kai*, manger, on aura *ka kai* l'action même de manger; *e kai ana ra oki au*, (*ra oki*, espèce de complément pour ajouter de la force à l'énonciation, est le plus souvent supprimé dans la conversation), je mange; *e kai ana taoua*, toi et moi nous mangerons; *koa kai ke tatou*, nous tous indistinctement avons mangé; *ra oki ra e kai ai*, il mangera. La particule *ana* est le signe du présent, *koa* celui du passé, et *ai* celui du futur. La langue anglaise présente un cas très-analogue.

» De la racine *aïre*, aller, on fait *aïre mai* arriver, et l'on dira *e aïre mai kodoua*, nous deux arrivons. *Koa tai ke mai maoua*, moi et celui dont je parle arrivâmes (ici par irrégularité *kai* est substitué à *aïre*), *ka oki ratou e aïre mai ai*, ils arriveront.

» Quand on ajoute le mot *waka* (le w se prononce à peu près comme en anglais *ou*) devant le verbe, il répond à notre mot *faire*. Ainsi de *rango*, entendre, on fera *waka rango*, faire entendre; de *kitea*, voir, on fera *waka kitea*, faire voir, montrer; de *matau*, connaître, *waka matau*, faire connaître, enseigner.

» Souvent on place ce même mot *waka* devant un adjectif, et il y a le même sens : *ma*, blanc, *waka ma*, faire blanc, blanchir, et, au figuré, faire honte, couvrir de confusion. *Mahana* chaud, *waka mahana*, faire chaud, chauffer; *tata* près, *waka tata*, rendre près, approcher; *tapou* sacré, *waka tapou*, rendre sacré, consacrer.

» Ce mot *waka* est celui qui rend le plus de services à la langue des Zélandais.

» Les adverbes et les prépositions répondent aux nôtres; quant aux conjonctions, elles sont peu nombreuses.

» Les phrases sont toujours simplement énonciatives, et ceux qui les emploient ignorent les artifices des discours qui se sont introduits dans les langues plus perfectionnées.

» Ils emploient volontiers la simple négation *ka ore* pour non; mais pour affirmative

VI

Au mouvement qui se produisit immédiatement après le repas, Georges comprit que l'installation de la nuit n'était qu'une simple halte, et qu'on se préparait au départ.

Les hommes s'occupaient de remettre les pirogues à flot; les femmes recueillaient, dans de larges corbeilles en branches tressées, les restes du repas.

Libre en apparence, mais se sentant cependant l'objet d'une continuelle surveillance, il n'osa quitter le siége d'herbe sèche qu'à sa sortie du cercle des guerriers, on lui avait préparé à l'ombre d'un myrthe odorant.

Emaï d'abord et ensuite les quatre autres chefs vinrent s'y asseoir près de lui.

Des jeunes gens allaient et venaient autour, prenant des ordres, transmettant les réponses, et éprouvant un plaisir évident à faire parade de leur bonne mine et de leur célérité.

Les chefs évitaient de lui parler; mais ils étudiaient son visage, et semblaient vouloir lire dans sa pensée.

Sachant que l'impassibilité est, aux yeux des sauvages, le signe d'une âme courageuse et ferme, il s'efforçait de dissimuler ses impressions.

ils répètent la phrase interrogative, ainsi à ces questions *es-tu allé à la rivière*, *aimes-tu le pain des Européens*, ils répondront *je suis allé là*, *j'aime ce pain*.

« La forme passive des verbes leur étant inconnue, leurs propositions ont toujours la forme active, à moins qu'ils ne trouvent un mot d'une signification naturellement passive, ce qui arrive quelquefois, comme *wera*, brûlé, *pau*, consumé, *poudi*, affligé, *touaï*, distribué, *ngara*, caché, *nguengue*, fatigué, *noa*, délivré, etc.

« Quoi qu'il en soit, malgré la pauvreté de leur langue, les Zélandais trouvent le moyen d'exprimer toutes leurs idées et même celles que leur inspire la vue d'objets jusqu'alors étrangers pour eux. Je suis disposé à croire que celui qui en aurait fait une étude suffisante, et qui pourrait la comprendre entièrement, y trouverait des beautés d'une nature particulière. » (*Voyage de l'Astrolabe*, tom. II, p. 365-367.)

Y parvenait-il aussi complétement qu'il le désirait et qu'il le croyait ? Certains signes, accompagnés de sourires, échangés par les chefs, permettaient d'en douter.

Le moment du départ arriva.

Les chefs se levèrent et se donnèrent le *shongui* (1) ; après quoi, chacun d'entre eux s'éloigna, suivi de tous les membres de sa tribu.

Emaï resta le dernier ; sa troupe était de beaucoup la plus nombreuse. Elle se composait des guerriers des pirogues et des premiers groupes aperçus par Georges sur le bord de la rivière.

Il se rendit compte alors de la situation : Emaï avec ses guerriers revenaient d'une expédition lointaine ; il était attendu, et une partie de sa tribu était venue à sa rencontre.

Les messagers partis la veille au soir, les feux qu'il avait vu allumer dans différentes directions, avaient pour but de signaler le fait inouï, inexplicable de sa présence, et d'appeler quelques tribus voisines à venir délibérer sur son sort.

Le résultat de cette délibération avait été de le laisser aux mains d'Emaï, devenu l'arbitre probable de sa destinée.

Pendant que Georges, d'induction en induction, arrivait ainsi à établir les faits à peu près comme ils s'étaient passés ; les pirogues avaient reçu, en outre des guerriers qui les montaient la veille, les femmes et les amis accourus à leur rencontre.

Il ne restait plus sur la rive que le chef et son prisonnier.

Un mot, qu'il ne comprit pas, mais qui était accompagné d'un geste trop expressif pour lui laisser aucun doute, fit entendre à celui-ci qu'il était temps de s'embarquer.

Il se leva, et, suivi par Emaï, il se dirigea vers la pirogue qui, de même que la veille, prit la tête de la flottille.

Les trois ou quatre premières embarcations étaient des pirogues

(1) Salut Zélandais qui consiste à frotter son nez contre celui de la personne qu'on salue.

de guerre de vingt à vingt-cinq mètres de longueur, sur un mètre quatre-vingts à deux mètres de largeur; près de cent personnes tenaient à l'aise dans chacune d'elles.

Georges, dont tout ce qui touchait à la navigation excitait fortement l'intérêt, admira l'étonnante perfection de leur construction.

La coque était uniformément composée d'un énorme tronc de *koudi* creusé intérieurement dans toute sa longueur, et rehaussé, de chaque côté, par une planche d'un pied de largeur environ, adroitement cousue au corps de la pirogue dans toute sa longueur. Un mélange de chanvre et de broussailles garnissait cette couture, qui était, en outre, soigneusement calfeutrée avec de la résine.

Ces pirogues, pourvues de bancs, étaient mises en mouvement par des rameurs qui, munis de pagaies bien taillées, et susceptibles d'ajouter par l'élasticité du bois à la force d'impulsion que leur communiquaient leurs bras robustes, remontaient rapidement le courant.

Le vent venant de la mer, ils étaient aidés, dans leurs efforts, par des voiles triangulaires composées de nattes en paille cousues ensemble, et Georges estima qu'elles filaient de six à sept nœuds par heure (1).

Il y avait là une entente de l'art de la navigation, qui témoignait de l'esprit d'observation et de calcul des insulaires; mais où se révélaient surtout leurs aptitudes industrieuses, c'était dans le détail et le fini de l'ornementation.

Celle, dans laquelle Emaï l'avait fait monter, était évidemment la plus grande et la plus belle de la tribu; cependant, sauf une légère différence dans les dimensions, les autres lui étaient semblables.

Des bas-reliefs très-adroitement exécutés couraient tout le long des plats bords. Les ornements de la poupe et de la proue

(1) « Les pirogues de la Nouvelle-Zélande manœuvrent fort bien. Il n'est pas rare de voir des armées de plusieurs centaines d'hommes exécuter des voyages de quatre à cinq cents milles le long de la côte, sur ces frêles embarcations. »

étaient particulièrement remarquables par la forme et la main-
d'œuvre, celui de l'avant faisait saillie en forme d'éperon en
dehors de l'embarcation et se relevait de plus d'un mètre
cinquante, celui de l'arrière avait de quatre à cinq mètres de
hauteur, sur soixante à soixante-dix centimètres de largeur, et
trois à quatre centimètres d'épaisseur.

Ils étaient l'un et l'autre chargés de bas-reliefs du goût le
plus bizarre, et entièrement découpés à jour.

A la suite des pirogues de guerre, venaient un certain nombre
d'embarcations construites sur le même modèle, mais beaucoup
plus petites, elles ne contenaient guère qu'une douzaine de personnes chacune.

On navigua une grande partie de la journée tantôt à travers un
terrain plat, ayant pour toute végétation les hautes tiges des
bruyères, tantôt entre deux rives à la végétation puissante,
tantôt enfin à l'ombre des magnifiques arbres de la forêt.

Georges put ainsi, dès ce premier voyage, se faire une idée
exacte des divers aspects de la nature zélandaise.

Vers le soir, on débarqua; les pirogues furent tirées sur le
rivage et portées à bras par des routes qu'avait tracées, à
travers les bois et les prairies, le passage souvent répété des
hommes qui habitaient le village vers lequel on se dirigeait.

Ce village, situé à une assez grande distance dans l'intérieur
des terres, était le terme du voyage. Emaï y résidait.

Ce qui y était resté d'habitants, accourut en masse à sa
rencontre; et, s'agenouillant autour de lui, ils commencèrent à
pousser des cris et à se déchirer les bras, le visage, la poitrine
avec des morceaux de cailloux tranchants, qu'ils portaient
suspendus au cou, et ils ne s'arrêtèrent que lorsque le sang
coula avec abondance de leurs blessures.

Georges se demanda comment un peuple, qui manifeste ainsi
sa joie et son respect, devait s'y prendre pour exprimer sa
douleur et sa haine.

Enfin Emaï, estimant sans doute que le sang de ses sujets avait assez coulé en son honneur, mit un terme à cette manifestation en entrant dans sa demeure, où il introduisit son prisonnier avec lui.

Les voyages de Tasman en 1642, de Surville en 1769, du capitaine Marion en 1772 et de Cook en 1774 et 1778 avaient laissé trop de souvenirs à la Nouvelle-Zélande, pour qu'on n'eût pas reconnu en Georges un de ces Européens, héros de tant de récits passés à l'état de légendes.

Aussi, dès que la disparition du chef permit les entretiens particuliers, le prisonnier devint-il l'objet d'une foule de questions.

— Qui était-il?... D'où venait-il?... Comment était-il tombé au pouvoir de la tribu?..

S'il était facile de répondre à la dernière de ces questions, il était tout à fait impossible de résoudre les autres. Force fut donc aux imaginations zélandaises, de suppléer au défaut de renseignements, en se jetant dans le vaste champ des suppositions.

Pendant que ces suppositions passent par toutes les gammes imaginables du merveilleux, pour ne pas dire de l'impossible, allons retrouver Georges dans la demeure d'Emaï.

C'était la maison la plus vaste et la plus belle du village. Elle mesurait sept mètres de longueur, sur quatre mètres de largeur, et, luxe rare en Zélande, elle comptait plus de deux mètres de hauteur, ce qui permettait aux hommes de la plus haute taille de s'y tenir debout (1).

_____

(1) « Les habitants de la Nouvelle-Zélande, si actifs, si industrieux à d'autres égards, sont, dit M. Dumont d'Urville, sous le rapport de l'architecture, bien au-dessous de la plupart des autres peuples de l'Océanie. Les maisons des rangatiras des dernières classes, et celles des hommes du peuple ont rarement plus de sept à huit pieds de long sur cinq ou six de large et quatre ou cinq de hauteur. Une personne ne saurait s'y tenir debout. Ces cabanes sont construites avec des pieux rapprochés les uns des autres et entrelacés de branches plus minces. Ces treillis sont, en outre, recouverts intérieurement et extérieurement de tapis épais en forme de paillassons fabriqués avec diverses plantes marécageuses, et notamment avec les feuilles longues et flexibles du _typha_; une pièce

A l'intérieur, des piliers bien équarris soutenaient le toit, et la charpente, dont la coupe horizontale était un rectangle régulier, se composait de pièces de bois à tenons et à mortaises artistement assemblées et chevillées.

La porte, placée à une des extrémités, consistait en une baie de un mètre de hauteur, sur soixante-dix centimètres de largeur, fermée par un battant à bascule, consistant en une planche recouverte d'une natte épaisse.

A côté de la porte, et, percée un peu plus haut, était une fenêtre de soixante centimètres en carré, fermée par un treillis de jonc.

Contre les parois, étaient suspendues, en guise de tapisserie, des nattes de jonc et de phormium teintes en couleurs voyantes.

De distance en distance, étaient disposées, sur des nattes placées par terre, de petites pirogues très-artistement décorées dont Georges ne put deviner l'usage. Il sut plus tard que c'étaient des coffres destinés à contenir les objets précieux, colliers, bracelets, hameçons, aiguilles, poinçons, etc..

Des armes de rechange étaient disposées en trophées dans les angles de la pièce, où se trouvaient, en outre, quelques instruments grossiers en pierre ou en os, des courges pour contenir l'eau douce, des corbeilles pour les provisions, etc...

Mais Georges y chercha vainement de l'œil, quelque chose ressemblant à un lit ou à un siége.

Emaï semblait jouir de l'examen attentif que son hôte accordait à sa demeure; prenant pour de l'admiration l'étonnement de Georges, il ne se pressait pas d'y mettre un terme.

Enfin il rompit le silence, et de sa voix sonore et musicale, il prononça le solennel *aïre maï, aïre maï*, dont Georges ne

de bois plus forte forme le faîte du toit qui est composé des mêmes matériaux que les parois, et qui imite assez bien celui des chaumières des paysans en Normandie ou en Bretagne, à cela près que le dos en est plus arrondi. Elles n'ont d'autre ouverture qu'une porte à coulisse si basse que, pour y passer, il faut ramper sur les genoux et sur les mains. » Quelques chefs seuls ont le privilége de posséder une habitation telle que celle que nous attribuons à Emaï.

7

comprit que plus tard le sens exact, mais dont l'intonation lui fit deviner la signification bienveillante et hospitalière (1).

A partir de ce moment, il sentit que sa vie était en sûreté. Et quel que dût être son sort au milieu de ce peuple aux mœurs si étranges, cette conviction lui causa un immense soulagement.

Emaï le fit asseoir sur un tas d'herbes sèches, placé à cet effet au milieu de la chambre, et après quelques moments de repos et dans le but sans doute de satisfaire la curiosité des habitants du village, il l'invita à sortir.

Cependant le repas du soir était prêt, et, selon l'usage, il fut servi en plein air (2).

Une partie de la nourriture fut assignée aux esclaves (3),

(1) Quand les Zélandais ont adressé à un étranger cette formule qui est un salut en même temps qu'une invitation, on peut compter sur une hospitalité inviolable. Au contraire, tant que ces mots ne sont pas sortis de leurs lèvres, leurs intentions sont douteuses, sinon suspectes.

(2) Un des plus grands préjugés des Nouveaux-Zélandais est l'aversion qu'ils éprouvent à avoir sous les yeux aucun des objets qui servent à l'alimentation. Aussi ne peuvent-ils souffrir qu'on apporte aucun mets dans leurs habitations. Ils réservent, pour tout ce qui touche aux aliments et aux repas, un certain espace près des maisons, espace qui leur sert à la fois de cuisine et de salle à manger. Ce qui reste des repas est suspendu à des poteaux placés un peu à l'écart.

(3) « Les wari ou kouki, c'est-à-dire les esclaves, se composent, dit M. Dumont d'Urville, des prisonniers faits à la guerre, de leurs enfants et des individus libres qui, par des malheurs imprévus ou en punition de certains crimes, ont été réduits à cette triste position.

» Dans ces contrées, comme chez les anciens peuples de la Grèce et de l'Asie, il paraîtrait que la condition d'esclave imprime une sorte de tache indélébile à ceux qui ont été obligés d'en subir l'humiliation. Aussi les malheureux, réduits en servitude par leurs ennemis, cherchent-ils rarement à se soustraire à leur triste destinée, bien que cela puisse leur être souvent assez facile, eu égard à la surveillance peu sévère que l'on exerce sur eux, aux forêts et aux déserts dont la Zélande est semée. Ils se résignent à leur position et deviennent quelquefois des membres fidèles de leur nouvelle tribu, soit par alliance, soit par adoption, soit par le simple effet de l'habitude et de la nécessité.

» Les esclaves ou serviteurs accompagnent leurs maîtres à la guerre pour porter leurs provisions et préparer leurs vivres ; quelquefois même ils reçoivent des armes pour combattre. Dans les villages, ils travaillent, de concert avec les femmes et sous leur direction, à la culture des champs. Ils vont à la pêche, et ce sont eux surtout qui font cuire les aliments et les présentent à leurs maîtres.

» Bien que la condition des esclaves soit entièrement à la discrétion de leurs maîtres, et que ceux-ci puissent les mettre à mort sans plus de difficulté qu'un Européen n'en qui jamais ne mangent avec les rangatiras. Ceux-ci s'assirent en rond par terre, et firent place à Georges parmi eux.

Les femmes restèrent à l'écart ; quelques-unes cependant, prenant place presque sur le même rang que les hommes, se disposèrent à partager leur repas.

Ce trait de mœurs étonna Georges, qui avait toujours ouï dire que, chez les peuples sauvages, les femmes vivaient dans une complète servitude.

Le dîner, composé de poissons et de patates très-grillées, accompagnés de l'inévitable pain de fougère, fut proprement servi sur des corbeilles d'herbes tressées, lesquelles, à l'issue du repas, furent jetées, car elles ne doivent servir qu'une seule fois.

Le dîner se passa sans boire. Quand il fut achevé, les convives se levèrent, se placèrent en rang, et un esclave passa de l'un à l'autre, tenant à la main une calebasse pleine d'eau fraîche.

Georges remarqua le soin minutieux avec lequel chacun évitait que le vase touchât à ses lèvres. L'esclave tenait la calebasse à une certaine distance de la bouche, dans laquelle il faisait couler l'eau à la manière des Espagnols ou des Génois, quand ils boivent à une cruche commune.

éprouve à assommer son chien ou son âne, et sans qu'il en résulte pour eux aucune suite fâcheuse ; cependant la condition de ces infortunés n'est pas aussi pénible qu'on pourrait se l'imaginer.

» Quand ils ont une fois recueilli et préparé à manger pour leurs maîtres, ils peuvent, le reste du temps, chanter, danser et se divertir à leur fantaisie. Le Nouveau-Zélandais, tout sauvage qu'il est, est un maître humain ; malgré le mépris qu'il porte à son esclave, il le maltraite rarement, et la différence des hommes libres aux esclaves est d'ailleurs peu sensible aux yeux d'un étranger.

» Pour les esclaves qui ont été libres, le plus grand malheur de leur état consiste dans le souvenir de leur ancienne dignité et dans le sentiment de leur humiliation actuelle.

» Pour ceux qui sont nés dans l'esclavage, le premier de ces tourments n'existant pas, le second est à peine sensible, aussi semblent-ils, en général, fort indifférents à leur situation.

» Pour les uns et pour les autres, il est cependant une conséquence terrible de leur condition, c'est d'être, à chaque instant, exposés à être sacrifiés aux obsèques des principaux chefs de la tribu en général, et de leurs maîtres en particulier. » (*Voyage de l'Astrolabe*, tome II, pages 153-156.)

Quand son tour vint, il s'ingénia à faire comme les autres;
il mit la main sous son menton, et levant la tête, il présenta
sa bouche ouverte; mais quelle bonne volonté qu'il y mit, et
quel soin que prit son sauvage ganymède, le liquide, au lieu de
suivre la direction voulue, afflua dans la gorge; une partie
faillit l'étouffer, et l'autre lui inonda la poitrine.

Des éclats de rire, qui ne purent être comprimés, saluèrent
cette maladresse, d'autant plus désagréable pour Georges, qu'il
avait grand soif, et que, la rivière étant éloignée, il ne savait
pas quand et comment il pourrait se désaltérer.

Emaï le tira d'embarras. Avec une prévenance fort remarquable chez un sauvage, il ordonna à un esclave d'apporter une
calebasse, qu'il présenta lui-même à son hôte.

Georges la saisit avec empressement, et l'approchant de ses
lèvres, but abondamment; il allait la rendre à l'esclave, mais
Emaï la lui prit des mains, la brisa et en jeta au loin les
morceaux.

Ce petit incident fit comprendre à Georges, que, d'après
le cérémonial z'landais, tout objet destiné aux usages de la
table étant touché par les convives, ne pouvait servir deux
fois.

Il se promit de s'accoutumer aussi vite que possible à boire
à la façon du pays, afin de ne pas épuiser à lui seul toute
la provision de calebasses de la tribu.

Le dîner fini, tous ceux qui y avaient pris part s'assirent
autour d'un immense feu. La femme et les filles d'Emaï, que
Georges n'avait point encore vues, arrivèrent, et parurent
prendre un extrême plaisir à le considérer.

Elles écartaient curieusement la natte qui recouvrait sa
poitrine et poussaient de petits cris d'étonnement, soit par
rapport à la blancheur de sa peau, soit par suite de l'absence
complète de tatouage sur son corps.

Passant ensuite aux jambes, dont la conformation des genoux

était tout à fait différente de celle des naturels, elles en palpaient les endroits charnus en échangeant des appréciations qui, pendant un instant, firent penser à Georges que cet examen pouvait bien avoir pour objet de déterminer le temps et les moyens nécessaires, pour le mettre à même d'être transformé en un savoureux rôti.

Cette perspective n'était rien moins que réjouissante, et elle empêcha le pauvre Georges de répondre, comme il l'avait fait d'abord, par d'aimables sourires, aux singulières gracieusetés de ses hôtesses.

L'heure du repos était arrivé. Emaï se leva le premier, et, posant sa main sur l'épaule de son hôte, il lui montra la maison dont la porte ouverte laissait échapper une épaisse colonne de fumée.

Georges crut à un incendie, il s'apprêtait à s'élancer pour aider à l'éteindre, mais le calme de tous ceux qui l'entouraient, lui donna à penser qu'il n'y avait dans le fait de cette fumée rien d'anormal.

Elle était, en effet, le résultat d'une précaution journalière d'hygiène, consistant à allumer vers le soir un grand feu au milieu de chaque maison, afin d'en chasser l'humidité et le mauvais air.

Ce feu a fini de brûler ou est éteint avant que les habitants de la maison y rentrent ; mais, comme il n'y a ni cheminée, ni ouverture à la toiture, la fumée est si intense, qu'elle ne se dissipe que bien longtemps après que le feu a disparu.

Cependant le geste d'Emaï était une invitation à entrer dans cette atmosphère chaude et étouffante. Au risque d'être asphyxié, Georges dut suivre son hôte.

De nouvelles herbes sèches et parfumées avaient été étendues sur le sol ; tous les habitants de la maison s'y couchèrent de la manière accoutumée, Emaï retenant une place à son côté pour Georges, qui, ainsi et décidément, faisait partie de la famille du chef.

— Mais à quel titre?

Ses conjectures au sujet de cette grave question, jointes à l'incommodité que lui causait la fumée, le tinrent éveillé jusque bien avant dans la nuit.

VII

Le lendemain matin, quand Georges se leva, Emaï lui rendit une partie des objets qui lui avaient été enlevés la veille: son couteau, sa montre, ses bottes et sa veste.

Le reste de ses vêtements avait été mis en pièces.

Il se hâta de monter sa montre, et Emaï, qui l'observait attentivement, manifesta une grande surprise quand il en entendit le tic-tac.

Jamais évidemment il n'avait vu, ni même entendu parler de rien de semblable.

Mais quand il entendit que le bruit persistait à se produire et qu'il vit les aiguilles continuer à avancer sur le cadran après que la montre eut été déposée par terre, alors sa surprise se nuança d'une forte teinte d'effroi.

Redoutant sans doute quelque sortilége, il refusa d'accepter le mystérieux bijou dont Georges voulait lui faire présent.

On déjeuna avec les reliefs du dîner de la veille, auxquels on ajouta des coquillages apportés du bord de la mer, et qu'on fit ouvrir en les passant sur des pierres rougies au feu.

Georges, depuis son naufrage, n'avait rien mangé avec aussi bon appétit que ce mets si simple, mais qui lui rappelait les moules et les clovices, qu'étant jeune garçon, il prenait plaisir à manger exactement de la même manière, sauf que les pierres étaient remplacées par une pelle de fer.

La femme et les deux filles du chef firent le meilleur accueil à leur hôte qu'elles semblèrent trouver très-étrange, mais tout à fait à son avantage, dans sa veste de marin.

Emaï leur parla avec beaucoup d'animation; il leur racontait l'histoire de la montre, qu'elles voulurent absolument voir.

Plus hardies qu'Emaï, elles s'en emparèrent, la tournèrent dans tous les sens, tantôt l'approchant contre une oreille, tantôt contre l'autre.

Georges dut l'ouvrir pour leur montrer le mécanisme qui faisait mouvoir les aiguilles, et, comme elles parurent désirer savoir à quoi ce merveilleux bijou pouvait servir, il s'ingénia à le leur expliquer par signes.

L'entreprise n'était pas facile, néanmoins l'intelligence de ses auditrices était si subtile, que, par la mimique et en comptant une, deux, trois, pour leur faire remarquer la régularité du son de la montre, il parvint à leur donner l'idée que ce son mesurait la marche du temps.

La femme du chef eût bien voulu posséder le précieux instrument; elle en fit clairement la demande, mais son mari s'y opposa. Oubliant son effroi de la veille, il lui reprit la montre des mains, la tint quelques moments dans les siennes, l'approcha à son tour de son oreille et enfin la rendit à Georges, en lui faisant signe de la remettre dans la poche de sa veste.

Avec une docilité ou une mobilité d'impression, qui fit penser à Georges que la tâche du chef de famille devait être bien autrement facile aux Zélandais qu'aux Européens, les femmes tournèrent aussitôt leurs investigations sur un autre des objets qui leur étaient étrangers.

L'éclat des boutons dorés de la veste d'uniforme excitant leur admiration, elles les contemplèrent d'abord en silence, puis s'amusèrent à les manier, et enfin échangèrent leurs impressions entremêlées de battements de mains et de petits

éclats de voix assez semblables, sur les lèvres des jeunes filles,
à un rire parlé et musical.

Emaï, qui les écoutait en souriant, fit à Georges un signe
qui lui sembla indiquer le désir qu'elles avaient de les voir
de plus près.

Enchanté de pouvoir, par ce petit présent, achever de se
concilier les sympathies de la famille, Georges se hâta de
détacher les boutons et de les offrir aux femmes qui s'en emparèrent avec un empressement et une joie qu'elles ne cher-
chèrent pas à déguiser.

Le regard éloquent de l'une d'elles lui ayant paru exprimer
le désir de savoir le nom de ces précieux objets, Georges posa
le doigt sur l'un d'eux et dit :

— *Bouton.*

— Bouton, répétèrent les trois femmes.

Et elles en désignèrent un autre.

— Bouton, répéta Georges avec un sourire expressif.

Emaï et les femmes avaient compris :

— Bouton, bouton, disaient-ils en agitant tous les petits
objets réunis dans le creux de leur main.

Alors Emaï, désignant le gousset de la veste où était la
montre, sembla aussi en demander le nom.

Georges la sortit, la lui fit voir et dit :

— *Montre.*

— Montre ! montre ! répétèrent les trois femmes sur tous
les tons.

Et fières de faire parade de ces deux noms qu'elles venaient
d'apprendre et surtout du présent qu'elles avaient reçu, elles
s'élancèrent hors de la maison.

Quand, un peu plus tard, Georges sortit à son tour avec
Emaï, il les vit entourées d'un cercle de femmes qui discutaient
avec elles la grande question de savoir à quelle partie de la
parure devaient être joints les « boutons, » dont elles essayaient

tour à tour l'effet dans leurs cheveux que, selon l'usage du pays, la femme d'Emaï portait relevés en chignon sur sa tête, tandis que ses filles les laissaient tomber flottants sur leurs épaules (1) ; tantôt au point d'attache de leur manteau de natte, sur le noir foncé duquel l'or ressortait en chatoyant (2); tantôt à leurs oreilles comme pendants.

A la vue des deux hommes, la grave conférence fut rompue, et la mère et ses deux filles, accourant vers Georges, lui prirent les mains, répétant à plusieurs reprises :

— *Alamala kapaï !... alamala kapaï !* (l'homme blanc est bon.)

La journée se passa comme celle de la veille; Georges, très-entouré, avait dû exhiber sa montre bien des fois, et bien des fois en répéter le nom.

Il avait dû, pour répondre à bien des sollicitations muettes, découdre les galons de ses contre-épaulettes et du col de sa veste, et les distribuer par petits morceaux carrés aux femmes de la tribu, qui toutes à l'envi maintenant redisaient :

— *Alamala kapaï !... alamala kapaï !*

Puis commença une curieuse et interminable leçon.

Une des femmes lui montrait un objet, et lui en demandait par signe le nom, soit le front :

— Front, répétait-elle.

Et toutes les femmes de dire en chœur le même mot, jusqu'à ce qu'il fut fixé dans leur mémoire.

Alors, touchant le même objet, elles en disaient le nom en zélandais, soit toujours le front : *Noma éné.*

Et à Georges de répéter *Noma éné* jusqu'à ce que sa prononciation ne laissât plus rien à désirer.

Après quelques heures de cet exercice, auquel Emaï mit un

(1) Le droit de relever les cheveux est pour la femme un privilège que lui donne le mariage.

(2) Les couleurs rouge et blanc sont entièrement réservés aux rangatiras, leurs femmes portent du noir, et les nattes d'esclaves, plus grossières de qualité, ne reçoivent aucune teinture.

terme en emmenant son hôte pour lui faire parcourir le village,
il y avait de part et d'autre un commencement de savoir plus
que suffisant pour faire espérer que l'on arriverait plus promptement et plus aisément à se comprendre, qu'on ne l'avait pensé.

VIII

Ainsi que nous venons de le dire, Emaï avait emmené Georges
à travers le village.

Les habitations qui entouraient celle du chef, à laquelle elles
ressemblent toutes, sauf les dimensions, étaient disséminées,
sans ordre ou tracé de rue, mais au gré des besoins et des
goûts de chacun.

Les plantations de *koumaras*, ou patates douces, et de pommes
de terre de chaque ménage sont en quelque sorte placées sous
la main.

Ces cabanes avec *leur cuisine* en plein air, leurs cultures à
l'entour, rappelèrent à Georges les hameaux de son pays natal,
avec cette différence caractéristique toutefois qu'il y manquait
le mouvement et la vie que communiquent aux paysages européens la présence des animaux domestiques.

Les Zélandais, en effet, ne possédaient, à l'époque dont nous
parlons, aucune ressource de cette nature. Les cochons, qui y
sont maintenant assez nombreux, n'y avaient pas encore été
introduits, et la pauvreté de leur territoire en quadrupèdes ne
leur avait permis de réduire en servitude aucun être animé.

Les chiens seuls, nous l'avons déjà dit, vivent, ainsi que
quelques rongeurs, sur le sol zélandais ; mais, soit que leur
espèce ne se prêtât pas à la domesticité, soit que leur utilité

eût passé inaperçue, jamais les Zélandais n'avaient imaginé de les utiliser, pas même comme moyen d'alimentation.

Le parcours offrit donc un médiocre intérêt à Georges qui se convainquit que ses impressions précédentes, au sujet des Nouvelles-Zélandaises, avaient été parfaitement justes.

Ces impressions, hâtons-nous de l'avouer, étaient loin d'être favorables à ce que la courtoisie européenne, d'accord en cela avec la vérité, appelle « le beau sexe, » lequel mérite, sur ce point extrême de nos antipodes, le titre de « sexe laid. »

Ce qu'on est convenu d'appeler la beauté chez toute créature animée, c'est-à-dire la proportion des membres, la souplesse de la taille, la grâce et l'harmonie des mouvements, le charme de la physionomie, toutes les qualités physiques, en un mot, que l'art plastique se félicite de rencontrer et s'enorgueillit de reproduire, font complétement défaut aux femmes zélandaises, tandis qu'elles sont, au contraire, libéralement départies aux hommes.

« Proportionnellement courtes et ramassées dans leur taille, ayant les membres inférieurs très-gros et les traits du visage sans expression, elles doivent au tatouage la perte de ce qui pourrait peut-être racheter ces imperfections naturelles, la régularité des traits et la fraîcheur du teint. »

Georges, préoccupé de cette infériorité qui, au point de vue physique, n'a échappé à aucun explorateur de la Nouvelle-Zélande, s'en étonnait d'autant plus que, jusque-là, il avait été frappé de la situation faite aux femmes dans les familles zélandaises, situation qui, ainsi que nous l'avons dit, et toute dépendante qu'elle soit, est cependant infiniment meilleure qu'on ne la voit d'ordinaire chez les sauvages.

La promenade qu'Emaï faisait faire à son hôte avait pour but d'exhiber à ses yeux les constructions principales du village; mais, par une tactique habile et afin d'augmenter son admiration par le sentiment de la surprise, il eut soin de l'y conduire en lui faisant suivre de longs détours.

Georges se trouva donc tout à coup en présence de trois
édifices à peu près semblables et placés sur le même rang.
Celui du milieu comptait environ dix mètres de façade sur cinq
de profondeur et quatre de hauteur. Les deux autres étaient
un peu moins grands. L'ensemble était d'autant plus imposant,
que les constructions, au lieu de reposer sur le sol comme les
maisons, y compris même celle du chef, étaient placées sur une
sorte de terre-plein de plus d'un mètre de hauteur.

Ces édifices de forme rectangulaire étaient entourés, chacun
dans tout son pourtour, d'une galerie ornée des plus curieux
bas-reliefs, dont les détails, bizarres pour la plupart comme
composition, révélaient dans l'exécution une singulière intelligence artistique.

Georges se demandait de quoi ces hommes ne deviendraient
pas capables, dans le domaine de l'industrie et de l'art, si les
outils et les connaissances scientifiques du monde civilisé venaient
à leur être connus.

Quelle révolution dans leurs procédés n'amènerait pas, par
exemple, la seule substitution du fer et de l'acier à la pierre
et aux coquilles dont ils se servaient?... (1)

Georges eût volontiers consacré plusieurs heures à examiner
les curieuses productions de l'art zélandais.

Emaï ne le lui permit pas ; très-flatté de la surprise évidemment empreinte d'admiration de « l'homme blanc, » il avait
hâte de mettre le comble à « cette surprise » si flatteuse, en
l'introduisant à l'intérieur des édifices.

Georges se croyait au seuil du temple consacré aux divinités
zélandaises : c'étaient des magasins qui allaient s'ouvrir devant lui.

Le premier où il entra, celui du milieu, servait d'arsenal à la tribu.

(1) Cette révolution est en voie de s'accomplir. M. Dumont d'Urville nous apprenait
déjà en 1827, que, sur quelques points précédemment visités par des explorateurs européens, « les insulaires possédaient des instruments de fer qui facilitaient singulièrement
leurs travaux. » Aujourd'hui, non-seulement le fer, mais la poudre, les fusils, sont
relativement communs, aussi bien dans la Nouvelle-Zélande que dans la plupart des
autres îles de l'Océanie.

Appendues aux murailles, disposées en trophées, des armes
de toutes sortes remplissaient la vaste enceinte du bâtiment.
Dans les angles, des blocs de jade et de bois dur, des pierres
et des coquillages de nature à être utilisés pour la confection
des armes, des branches droites et fortes destinées à former
des bois de lance et des manches de hache, étaient disposés dans
un ordre parfait.

Des bouquets de plumes, des houppes de phormium teintes de
rouge, étaient suspendus çà et là.

Enfin des nattes à voile, des cordages, des mâts et des pagaies
de rechange faisaient preuve de la prévoyance du chef.

L'attention, pleine d'intérêt avec laquelle Georges passa, de
son propre mouvement, de la vue d'ensemble à l'examen détaillé
de chaque partie de cette curieuse exhibition, le dispensa de
chercher les moyens d'exprimer ses impressions.

Emaï les avait lues dans son regard et s'en montrait fier et
reconnaissant.

On quitta enfin ce premier magasin pour se diriger vers celui
de droite.

C'était le magasin général des vivres, le grenier d'abondance du
village.

La propreté, la bonne distribution, l'intelligence de l'aération
dénotaient une intelligence et un soin tout particuliers.

Les koumaras étaient disposés en tas sur des nattes, les
racines de fougère empilées le long des parois, les poissons et
les coquillages, les uns cuits et les autres desséchés au soleil,
enfilés en immenses chapelets et suspendus au plafond, enfin
une grande abondance de calebasses très-grosses remplies d'eau.

Le troisième magasin contenait les provisions de cordes, de
lignes pour la pêche, de filasse pour faire les cordes, de fils
et de joncs pour faire les filets, une quantité prodigieuse de
hameçons de toute grandeur, depuis les plus petits jusqu'aux
plus grands, des pierres taillées pour tenir lieu de plomb aux

lignes de pêche et des morceaux de bois travaillé pour tenir lieu de liège.

Quelques esclaves, assis par terre au milieu de ce magasin, confectionnaient avec une grande habileté de vastes et beaux filets en forme de seine. Georges, désireux de voir ces filets entièrement achevés, en chercha un de l'œil dans l'ensemble d'objets qui l'entouraient, il n'en vit pas.

Il s'imagina qu'ils étaient ou tendus ou à bord des pirogues ; mais il sut plus tard qu'il s'était trompé : les filets sont considérés par les Zélandais comme un des produits les plus précieux de leur industrie ; on les fabrique dans le magasin et jamais ailleurs, et, lorsqu'ils sont achevés, on les porte dans une partie spéciale du village où ils ont chacun leur cabane séparée.

Les engins de pêche ne pouvaient laisser indifférent un homme dont la vie entière s'était passée sur les bords de la mer ; toutefois, ce qui intéressa encore plus vivement Georges, ce furent les outils propres à l'agriculture et à la fabrication de tous les produits de l'industrie zélandaise.

Ces outils, réunis en grand nombre, étaient soigneusement divisés par espèces. Il y avait des bêches, des pelles, des haches, des herminettes, des ciseaux, des poinçons de toutes formes et de toute nature. Le bois, la pierre, les coquillages, les dents de requin et d'autres gros poissons, les os de baleine avaient servi à leur fabrication.

L'intérieur du magasin était garni d'une file de pieux en forme de piquets montant jusqu'au toit, dont ils semblaient supporter le faîte, et contre ces piliers étaient rangés les objets que nous venons de décrire, ainsi qu'une foule d'autres dont le nom et l'usage étaient inconnus à Georges.

En sortant de ce dernier magasin, Emaï fit traverser à Georges une espèce de ruelle pratiquée entre les palissades de deux habitations assez importantes qui leur faisaient face ; les deux promeneurs se trouvèrent dans un assez vaste espace au delà duquel le terrain s'abaissait subitement de manière que l'horizon commençait devant eux à quelques dizaines de mètres de distance.

Georges ne put réprimer un geste d'étonnement. Cet étonnement fit place à l'admiration, lorsque, après quelques pas, il se trouva au bord d'un escarpement si abrupt et si profond qu'il lui fallut un moment pour se rendre compte de sa situation.

Le gouffre béant, qui s'ouvrait sous ses pas et dont son œil ne pouvait tout d'abord mesurer la profondeur, aboutissait-il à la mer ou à la terre? était-ce une falaise escarpée ou le sommet d'un plateau enclavé dans les terres?

Le silence solennel qui régnait au loin était une preuve en faveur de la dernière hypothèse.

Cette preuve fut confirmée lorsque, après quelques instants d'une sorte de vertige, il put distinguer l'épaisse forêt qui, partant du pied de la muraille naturelle à la crête de laquelle il était penché, étendait au loin ses cimes vertes et ondulantes.

Le coup d'œil était splendide, mais plus remarquable encore était l'étonnante sagacité avec laquelle avait été choisi l'emplacement du village.

Ce village était un *pâ* ou enceinte fortifiée.

Tous les explorateurs se sont accordés à vanter « le discernement et la sagacité, déployés par les Nouveaux-Zélandais, dans le choix de l'emplacement et des travaux de défense de ces forteresses (1). »

Le mot *pâ*, prononcé la veille à plusieurs reprises et avec emphase par Emaï et ses compagnons, recevait son explication, et Georges, compétent en la matière, oublia tout le reste pour ne s'occuper que des moyens de défense créés, par la nature

---

(1) L'arrivée des Européens ne leur a rien appris sur ce point, dit M. Dumont d'Urville; l'introduction des armes à feu leur a, au contraire, beaucoup fait perdre, à cet égard, de leur industrie primitive. Une funeste expérience leur a fait connaître que ces forteresses, imprenables avec leurs armes habituelles, étaient tout à fait insuffisantes contre l'atteinte des balles.

et de mains d'hommes, pour rendre inexpugnable ce petit coin d'une terre sauvage.

Il se rappela que, bien longtemps avant d'arriver, le terrain avait commencé à s'élever assez fortement pour rendre la montée sensible et même fatigante.

Il se souvint encore qu'à l'entrée du village, il s'était trouvé tout à coup au pied d'une sorte d'escalier qui, par sa singularité, avait, malgré ses vives inquiétudes et son extrême fatigue, éveillé son attention.

C'était un pieux épais et solide dressé contre une sorte de talus très-droit et entaillé dans sa longueur, de manière à servir d'échelle.

Accoutumé à grimper à bord d'un navire, Georges avait escaladé les cinq ou six mètres de cette échelle rustique sans y prêter une grande attention.

Mais tous ces détails se représentaient maintenant à sa mémoire, et, en étudiant le sens du mot *pâ*, il comprenait l'importance que le chef y attachait.

Ce fut avec le plus vif intérêt que, à la suite d'Emaï, qui, par ses arrêts bien choisis et ses gestes expressifs, lui faisait remarquer les endroits que la nature avait rendus inexpugnables et surtout ceux que l'industrie de l'homme avait fortifiés, qu'il fit le tour du village.

Posé à l'extrémité d'un plateau qui s'avançait à une grande hauteur du sol en une pointe arrondie et taillée à pic, le village avait, sauf sur un de ses côtés, une défense naturelle, à laquelle il avait été inutile de rien ajouter. La partie accessible avait été rendue impraticable : une triple rangée de fortes palissades avec des fossés intermédiaires lui formaient une muraille percée d'une seule porte fort étroite.

Au delà de cette palissade, une plate-forme, susceptible de recevoir une quarantaine de combattants, s'étendait jusqu'à une seconde enceinte également entourée d'une palissade.

Le sol de cette plate-forme avait été relevé de manière à laisser le terrain qui y accédait à quatre ou cinq mètres en contre-bas ; il se terminait par le talus et par l'échelle rustique dont nous avons parlé.

Des armes et des projectiles, piques, javelots, pierres, etc., étaient disposés en bon ordre sur la plate-forme, et, au moindre soupçon de danger, des sentinelles vigilantes s'y relayaient sans cesse.

Enfin, au-devant du pâ, régnait, en guise d'ouvrage avancé, une enceinte également palissadée, et défendue par un fossé capable de recevoir de trois à quatre cents hommes.

Cette espèce de bastion protégeait l'entrée de la forteresse, et on ne devait l'abandonner pour se réfugier dans celle-ci que lorsqu'on y était contraint par une force supérieure.

Ces ouvrages vraiment admirables, au point de vue du développement d'intelligence qu'ils révélaient, l'étaient peut-être plus encore par le soin minutieux avec lequel ils étaient entretenus, par la propreté et l'ordre parfait qui y régnaient.

Il est, en effet, bien plus rare de rencontrer chez des sauvages l'esprit de prévoyance et de conservation, que d'y trouver les qualités plus brillantes de l'initiative et de l'ardeur.

Ce sont d'ordinaire de grands enfants qui se plaisent à défaire le lendemain, ce qu'ils ont fait la veille, et qui, presque toujours, dépensent en pure perte pour l'avenir les inspirations que leur suggère le danger ou le désir de jouir.

La prévoyance, se manifestant par la construction de forteresses permanentes, par l'accumulation et l'intelligente conservation des denrées contenues dans les magasins, et enfin par le fait même de la construction de ces entrepôts, où chacun pouvait mettre en sûreté et garder ses provisions, ses munitions, ses armes, était un trait frappant de mœurs.

Georges ne s'y méprit pas.

— Tout annonce, pensa-t-il, que les Zélandais sont accou-

8

tumés à braver, derrière les retranchements de forteresses semblables à celle-ci, les assauts de leurs ennemis, et à soutenir
au besoin des sièges de plusieurs mois. Que d'exploits ignorés
ont dû s'accomplir sur cette terre encore à peu près inconnue
à l'Europe! Que de traits de bravoure, que d'actions héroïques
qu'aucun historien n'a jamais enregistrés et n'enregistrera jamais,
ont dû se produire parmi ces peuples guerriers (1)!...

Ces pensées réagissant sur les sentiments du jeune marin,
il sentit des dispositions toutes nouvelles succéder à la pitié
nuancée de dédain que lui inspiraient ces hommes au visage défi-
guré, au corps à demi-nu, ignorants de l'art de fixer leurs
pensées par l'écriture, vivant en un mot, à ce que nous
appelons « *l'état sauvage.* »

IX

Emaï ramena Georges à sa demeure, et le reste de la journée
s'écoula comme l'après-midi de la veille, partagé entre ces médi-
tations silencieuses et un peu somnolentes, si chères à tous les
peuples sauvages, et les interrogations des femmes touchant les
diverses appellations des choses.

Ces leçons, qui avaient d'abord paru intéresser et amuser
Emaï, finirent par lui causer une certaine irritation, en ce qui
concernait au moins les noms français.

Soit sentiment de patriotisme, soit superstition, soit plutôt par
crainte de voir les femmes acquérir une somme de connaissances
supérieure à ce qu'il était d'usage qu'elles possédassent, toujours

(1) L'introduction des armes à feu aura bientôt achevé de mettre un terme à ces luttes
prolongées, et, de même que l'usage de l'artillerie détruisit en Europe la supériorité
et l'influence de nos chevaliers bardés de fer, ainsi disparaîtront les actes de vaillance
personnelle dont les légendes zélandaises garderont seules le souvenir.

est-il qu'à la suite de quelques observations plusieurs fois répétées et faites en dernier lieu d'un ton péremptoire, il ne fut plus question pour elles de recevoir des leçons, mais uniquement d'en donner.

Georges, bien plus heureux de son côté d'apprendre le zélandais que d'enseigner le français, se garda bien de protester.

Dès ce moment, la grande affaire, non-seulement pour la famille du chef, mais pour tous les membres de la tribu, fut de travailler à l'éducation de « l'homme blanc. »

Il suffisait que son regard s'arrêtât sur un objet, ou que sa physionomie exprimât un besoin ou un désir, pour qu'aussitôt plusieurs voix indiquassent le mot dont il devait se servir.

Cependant, le pà, que nous avons décrit, n'était pas la résidence continuelle d'Emaï.

La tribu possédait, plus en avant encore dans les terres, un autre village moins bien retranché, mais d'une plus grande importance et beaucoup plus peuplé.

Le chef y avait une maison que lui-même avait fait élever, tandis que celle que nous connaissons lui avait été transmise en même temps que l'autorité.

Il préférait celle dont il avait été l'architecte, et, aussi souvent, aussi longtemps que le lui permettaient les usages du pays, il désertait le pà rocheux pour la résidence fertile, où son installation, faite d'après ses goûts et ses plans, ne laissait, à son avis, rien à désirer.

Quelques semaines après l'arrivée de Georges, Emaï commença ses préparatifs de départ; une petite troupe de guerriers devait lui faire escorte, mais sans qu'aucun dût rester près de lui, l'usage n'étant pas, en Nouvelle-Zélande, qu'un chef ait aucun homme libre spécialement attaché à sa personne.

Les chefs de tribus, *rangatira-raki*, sont, en Zélande, entièrement indépendants les uns des autres, c'est-à-dire qu'aucune idée de suzeraineté n'existe en ce pays.

Si, par hasard, il arrive qu'un chef soit influencé ou même dominé, dans sa conduite et dans ses actions, par un chef plus puissant ou plus énergique, c'est une simple affaire de circonstance non de droit.

L. . . . . des chefs sur leurs subordonnés implique elle-même, et à certains égards, une sorte d'indépendance au profit de ceux-ci. Elle dépend, en effet, bien plus de l'influence que le chef a su obtenir sur ses compatriotes, que d'aucun droit légal et explicite. Cette influence s'obtient ou par une haute réputation de sagesse et d'expérience, comme prêtre et prophète, ou par des exploits signalés dans les combats, ou par de grandes possessions en terre et en esclaves.

C'était à ces deux derniers titres qu'Emaï devait sa grande autorité, et comme les conquêtes à main armée, qui l'avaient enrichi lui-même, avaient augmenté dans de larges proportions la grandeur et la renommée de sa tribu, il jouissait de la plus large somme de considération et d'influence qui puisse être ambitionnée par un chef.

Toutefois, malgré la vénération profonde que les insulaires ont pour la valeur guerrière, et bien qu'elle soit à leurs yeux la plus éminente des vertus — peut-être la seule qu'ils estiment en ce monde, — le préjugé de la naissance est si puissamment établi chez eux qu'il est impossible à un homme de la dernière classe de parvenir au rang de noble ou de *rangatira*, et fort difficile à un rangatira, pour si puissant qu'il soit, d'arriver à la dignité de chef.

L'ordre de succession à l'autorité rappelle celui en usage en Turquie. Les frères cadets succèdent au frère aîné, dont les enfants n'ont de droit qu'après la mort de leurs oncles.

Non-seulement les femmes sont exclues du droit (1) d'occuper le

---

(1) Cette règle s'applique à presque toute la Nouvelle-Zélande. Dans la partie méridionale, cependant, les femmes sont mises, en certains cas, en possession de l'autorité supérieure.

rang suprême, mais un chef, que son âge ou ses infirmités empêcheraient de pouvoir conduire ses guerriers au combat, devrait résigner son autorité en des mains plus actives.

En temps de paix, le chef ne partage son autorité avec personne, il n'a ni lieutenants ni officiers quelconques ; mais, en temps de guerre, il est d'usage de nommer un *rangatira-para-parao*, c'est-à-dire généralissime de l'armée ou lieutenant du chef principal dans le commandement des guerriers.

Ce titre, donné au plus digne, peut être attribué à un guerrier du dernier rang. Tout en conservant un grand pouvoir pendant la guerre, il laisse celui qui en est revêtu au-dessous des rangatiras de naissance.

Lorsqu'Emaï, fils de l'avant-dernier chef, avait succédé à son oncle, il était déjà renommé au loin par ses exploits, par sa prudence et par son habileté à manier les cœurs et les volontés.

Il savait se faire à la fois aimer et obéir. Loin de profiter des lois zélandaises qui permettent la polygamie, il n'avait voulu donner ni compagne, ni rivale à l'épouse qui possédait toute sa tendresse et sa confiance.

Cette épouse, fille d'un chef puissant du voisinage, possédait toutes les qualités qui, aux yeux d'un Zélandais, doivent distinguer une femme.

Fidèle et dévouée à son mari, elle avait pour lui une déférence et une vénération qui allaient jusqu'au culte. En revanche, Emaï l'associait à toutes ses dignités et la faisait participer à tous les honneurs qu'il recevait.

Ces honneurs, ces dignités n'empêchaient pas l'épouse active et entendue de diriger ses nombreux esclaves, de les surveiller et de pourvoir elle-même aux besoins de son mari et de ses hôtes, quand il en invitait.

Aucune femme de la tribu ne la surpassait dans l'art de tirer bon parti des terres, de faire travailler les esclaves sans jamais leur rien imposer par la force, de prévoir les besoins à venir, et d'y pourvoir d'avance par la quantité et la qualité des provisions.

Aussi tendre mère que fidèle épouse, elle avait une vive affection pour son fils, et ses deux filles, *Eshou* et *Epeka*, étaient plutôt pour elle des compagnes bien-aimées que des enfants craintives.

En un mot, et étant donné l'état social de la Nouvelle-Zélande, l'intérieur du chef, où il était admis comme un enfant d'adoption, était pour Georges un objet de continuel étonnement et de véritable admiration.

— Quelles vertus ne pourrait-on espérer de voir se développer ici, se disait-il, si l'influence féconde de l'Evangile parvenait à y pénétrer ?

Et la pensée qu'il pourrait servir de pionnier aux missionnaires de la bonne nouvelle, le réconciliait presque avec sa triste position.

Le jour du départ arriva, c'était le vingtième depuis l'arrivée de Georges au pâ, et le vingt-septième depuis son entrée dans la baie de *Tako-Malou*.

S'apercevant, dès les premiers moments de sa captivité, qu'au milieu des incertitudes qui lui étaient réservées chez un peuple ignorant l'art de supputer la marche du temps, il ne tarderait pas lui-même à perdre le compte des dates, il avait eu soin de tailler un morceau de bois en forme de règle. A une des extrémités de cette règle, il avait inscrit la date de son débarquement, 26 janvier 1783, et fait à la suite autant d'entailles qu'il y avait de jours écoulés depuis.

Chaque soir, au moment de se livrer au repos, il ajoutait une entaille nouvelle.

La longueur de la règle était calculée de manière à recevoir autant de crans qu'il y a de jours dans l'année.

La petite troupe se mit en route au lever du soleil.

Après avoir marché environ deux heures, sans que personne eût proféré une parole, on arriva à une rivière, sur les bords de laquelle on fit halte.

Les feux venaient d'être allumés, lorsque les esclaves, chargés du soin de l'alimentation, rejoignirent le campement.

Ils apportaient des patates, du poisson sec et une botte de racines de fougère qu'ils préparèrent à la manière accoutumée.

Le repas fut très-animé. La femme et les filles d'Emaï semblaient très-heureuses de rentrer dans la résidence privilégiée du chef. Elles s'occupèrent beaucoup de Georges et s'amusèrent de bon cœur de sa manière de prononcer certains mots.

Emaï et les rangatiras qui l'accompagnaient prirent franchement leur part de cette gaieté, et Georges fut obligé de s'avouer que, dans son désastre, il eût pu tomber plus mal que parmi ces braves gens, que décidément il avait beaucoup de peine à se représenter comme « *mangeurs de chair humaine.* »

Toujours était-il — il ne pouvait en avoir maintenant aucun doute — qu'aucun d'entre eux ne songeait plus à le dévorer.

Quand le soleil commença à descendre à l'horizon, Emaï donna le signal du départ.

Une partie de l'escorte prit congé du chef, et les adieux, faits en cette occasion à Georges, lui prouvèrent, malgré son peu d'expérience des usages du pays, qu'il jouissait d'un haut degré de considération.

Il fut traité avec les mêmes égards que les rangatiras de l'ordre le plus élevé. Emaï seul reçut des marques d'un respect supérieur à celui dont il se vit l'objet.

On remonta un peu la rivière, et on arriva à un gué, qu'on traversa ayant à peine de l'eau jusqu'aux genoux.

Sur l'autre rive, l'aspect du pays changea complètement : une première zone de marécages, qu'il fallut traverser au moyen de sentiers en zigzags. Ce ruban de terre ferme, formé par la nature et connu des insulaires, conduisit les voyageurs à la lisière d'une forêt épaisse, sous l'ombrage de laquelle on fit une courte halte, dans le but, cette fois, de se désaltérer à une espèce de petite fontaine d'eau fraîche et limpide, jaillissant de terre avec un murmure qui éveilla

dans le cœur de Georges un des meilleurs souvenirs de son
heureuse enfance, alors qu'aux jours de congé, son père lui
ménageait le ravissement d'un de ces goûters sur l'herbe qui constituent une des meilleures récréations de la vie de famille.

Un de ces changements à vue, qui exercent une si grande
influence sur les imaginations vives et poétiques, attendait Georges
à la sortie de la forêt, dont les arbres, plusieurs fois centenaires,
et les feuilles impénétrables firent place tout à coup à un vaste
terrain divisé, avec une certaine symétrie, en champs admirablement cultivés en vivres du pays.

Une route plus large, plus régulièrement tracée et surtout bien
mieux entretenue que toutes celles que Georges avait encore vues
dans l'île, conduisait en droite ligne les voyageurs à l'extrémité de
cette zone qui, à des temps plus ou moins reculés, avait dû être
conquise, par un travail intelligent et persévérant, sur la forêt qui
lui servait de limite et d'abri.

Une rivière plus large, plus profonde et plus rapide que celle
qu'on avait traversée précédemment, bordait et fécondait ces
cultures.

Sur cette rivière, qui ne pouvait, du moins à cette hauteur, être
passée à gué, une petite flottille de pirogues attendait.

Les principaux du village, les parents, les amis d'Emaï étaient
venus à sa rencontre.

Quelques femmes se trouvaient parmi eux.

Georges s'attendait à des exclamations de joie, à des compliments
de bienvenue; il vit, au contraire, se reproduire la scène qui
avait signalé le retour d'Emaï au pâ de la montagne, scène qu'il
avait attribuée à quelque triste événement survenu en l'absence des
guerriers, mais qu'il était forcé de reconnaître comme faisant partie
du cérémonial du pays.

Il y eut là encore des poitrines et des bras mis en sang, après
quoi on se frotta nez contre nez, et l'on s'abandonna aux témoignages de bonne amitié.

On monta ensuite à bord des pirogues. Le terme du voyage se trouvait sur l'autre rive, à une assez faible distance.

Le reste de la population attendait hors du village, les femmes, un peu en avant. Celles-ci, en apercevant la tête du cortège, se prirent à agiter leurs nattes en criant :

— *Aire Maï, aire Maï.*

A ce signal, le chef fut entouré et presque porté jusqu'à sa maison qui était plus grande et plus belle que celle qu'il occupait au pâ.

Il se hâta d'y introduire Georges. Désireux de savoir comment « l'homme blanc » apprécierait les détails de son ornementation, il ne quittait pas son visage du regard et semblait vouloir lire sa pensée dans ses yeux.

Georges s'aperçut de l'étude dont il était l'objet ; il ne chercha pas à s'y dérober ; ses impressions étaient telles, que sa position auprès d'Emaï ne pouvait que gagner à ce qu'elles fussent connues.

Il était trop tard pour faire les apprêts d'un festin d'apparat.

On se contenta, pour ce soir-là, du menu ordinaire, c'est-à-dire de *koumaras* (1), de *kna-dine* (2) et d'excellent poisson fraîchement pêché dans la rivière.

Aussitôt après que les calebasses eurent circulé dans leurs rangs, les convives se séparèrent.

Les fatigues de cette journée de marche rendaient le repos nécessaire, et bientôt il n'y eut plus un seul homme d'éveillé dans le village.

X

Quand, le lendemain matin, Georges sortit de la maison de son hôte, de grands préparatifs avaient lieu dans un assez vaste

(1) Patates douces.
(2) Racines de fougère.

espace ménagé entre la demeure d'Emaï et les autres habitations.

Quelques esclaves achevaient d'y creuser un grand trou de forme ronde d'environ quarante centimètres de profondeur. Ils y jetèrent ensuite une grande quantité de bois sec, sur lequel ils posèrent de grosses pierres.

Ils mirent ensuite le feu au bois, qui, en brûlant, chauffa à rouge les pierres.

Pendant ce temps, un des guerriers de la tribu tuait, d'un coup de *mere* asséné sur la nuque, une jeune esclave prise dans la précédente expédition et amenée la veille au village par Emaï.

La jeune fille tomba sans pousser un cri. Elle avait été frappée à l'improviste, sans s'y attendre, sans savoir même qu'elle avait été désignée pour servir au festin donné en l'honneur du retour du chef.

Les Zélandais — disons-le à leur honneur — sont assez humains, non-seulement pour ne pas faire souffrir un condamné à mort, soit comme victime, soit comme criminel, mais encore pour lui éviter cette effrayante agonie qui résulte de l'appréhension, de l'attente du supplice.

Ajoutons encore que le cannibalisme, chez eux, est le résultat des usages, des superstitions religieuses, et nullement de cette férocité de caractère qu'on rencontre chez d'autres insulaires océaniens.

Pour comprendre cette apparente anomalie entre le caractère et les usages des Nouveaux-Zélandais, il est nécessaire de se rendre compte de leurs croyances religieuses, au sujet des rapports qu'ils supposent exister entre l'âme et le corps humain.

Ainsi que Georges avait pu s'en apercevoir déjà, les insulaires de la Nouvelle-Zélande ont, touchant l'immortalité de l'âme, des idées bien plus positives qu'on ne serait en droit de l'espérer de leur état de civilisation.

» Selon eux, l'âme ou esprit, qu'ils nomment *waïdoua*, est un souffle intérieur parfaitement distinct de la substance ou enveloppe matérielle qui forme le corps. Au moment de la mort, ces deux substances, jusqu'alors étroitement unies, se séparent par un déchirement violent.

» Le *waïdoua* reste encore trois jours après la mort à planer autour du corps, puis il se rend directement vers une route fictive qui s'étend d'un bout à l'autre de l'île *Ika-Na-Mawi*, et qui aboutit au rocher *Reïnga* (départ), *oræ Tænaræ* de ces peuples.

» Là, un *atoua* (une divinité) emporte au séjour de la gloire (*rangui*), situé dans les régions supérieures du ciel, la partie la plus pure du *waïdoua*, tandis que la partie impure est précipitée dans les ténèbres, *po-nouï* ou *po-kino*.

» Mais il ne faut pas croire que, aux mots de pur ou d'impur, ces hommes attachent aucune idée positive de crime et de vertu, ou de bien et de mal. Pour eux, ces distinctions morales sont vides de sens, ils ne connaissent que l'honneur ou le déshonneur, la gloire ou la honte.

» L'une est pour le vainqueur, l'autre pour le vaincu ; il est facile de saisir toutes les conséquences de cette superstition terrible, et c'est bien le cas de s'écrier : « *Væ victis.* »

» En effet, les Zélandais sont intimement convaincus qu'en dévorant le corps d'un autre être humain, non-seulement ils détruisent sa substance naturelle, mais qu'en outre ils absorbent, ils assimilent à leur âme, à leur esprit, la partie surnaturelle, le waïdoua de ce même ennemi. Leur propre waïdoua reçoit un nouveau degré de gloire et d'honneur de cette aggrégation, et plus un chef aura dévoré, dans ce monde, d'ennemis d'un rang distingué, plus, dans l'autre, son waïdoua triomphant sera heureux et digne d'envie (1).

» Les waïdouas des morts peuvent, croient-ils, communiquer accidentellement avec les vivants ; ils le font sous la forme d'ombres légères, de rayons de soleil, de souffles violents. Ces apparitions

---

(1) Les Zélandais n'ont, du reste, qu'une très-vague idée du séjour promis au waïdoua. Ils font généralement consister le bonheur du *rangui* dans de grands festins et dans des combats où les waïdouas élus seront toujours triomphants.

sont très-fréquentes, et rien ne peut persuader à ceux qui en sont
l'objet que ce ne sont que des illusions de leur imagination.

» .... Les Zélandais s'imaginent que l'âme a son siége dans l'œil
gauche, et les chefs s'imaginent que leur œil, à son tour, est repré-
senté par une étoile particulière du firmament.

» Cette singulière analogie entre ces superstitions et l'antique
croyance des Européens à l'astrologie, en faisant croire aux Zélandais que leur esprit, ou waïdoua, a pour représentant un astre du
ciel, donne lieu à une foule de rapprochements entre l'état de
cette étoile et celui du waïdoua dont elle est l'image.

» L'astre acquiert ou perd de son éclat, suivant que le chef
est plus ou moins favorisé par la fortune, et son waïdoua est
soumis aux mêmes modifications. Quelques Zélandais s'imaginent
que cet astre ne devient visible qu'à la mort du chef qu'il
représente.

» C'est pour mieux anéantir le waïdoua de son ennemi, que souvent un chef, au moment où il vient de terrasser un ennemi redouté,
lui arrache l'œil gauche et l'avale.

» D'autres se contentent, pour éviter la fureur du waïdoua
vaincu, de boire le sang fumant de leur ennemi. Ils sont persuadés
que, par cette action, le waïdoua s'identifie avec celui du vainqueur,
et, dès lors, ne peut plus lui être nuisible.

» Etant donné des croyances de cette nature sur l'âme et sa destinée, il est aisé de comprendre que le plus grand outrage qu'un
Zélandais puisse faire à son ennemi est de le dévorer après avoir
réussi à le mettre à mort.

» De cette superstition, la plus terrible sans contredit que
l'homme ait pu se créer, résulte l'habitude, où sont la plupart des
peuples océaniens, de manger le corps de leurs ennemis.

» Après une bataille, les cadavres des chefs les plus distingués,
bien que desséchés par l'âge ou les infirmités, sont toujours mangés
les premiers, et de préférence aux corps plus appétissants des jeunes
guerriers d'un rang moins élevé. Ceci démontre que les préjugés

superstitieux et le plaisir de la vengeance dirigent ces sauvages bien plus que les simples besoins de l'appétit physique (1).

» Aussi, la plus grande calamité qui puisse frapper une famille ou une tribu, est-elle de voir tomber son chef au pouvoir de l'ennemi (2). »

Quant aux sacrifices humains, ils se pratiquent en trois occasions principales : à la mort d'un chef, à la suite d'une absence du chef en signe de réjouissance, enfin comme réparation lorsqu'un esclave a maudit son maître.

Tout homme libre a, en outre, ainsi que nous l'avons dit, le droit de tuer les esclaves récalcitrants ou coupables de quelque délit.

La cérémonie, à laquelle Georges assistait en frémissant, appartenait à la deuxième de ces catégories.

La victime était une jeune fille enlevée avec cinq de ses compagnes, lors de l'expédition à l'issue de laquelle lui-même, s'étant trouvé sur le passage des vainqueurs, avait été pris par eux.

Une douzaine d'hommes, guerriers ou esclaves, étaient également tombés au pouvoir d'Emaï, trois des principaux avaient été immolés sur le champ de bataille même, les autres avaient été conduits, ainsi que les jeunes filles, au pâ d'Emaï, où celui-ci les avait laissés.

Les six femmes seules avaient été amenées au village. Cinq étaient destinées à y demeurer, une seule devait périr.

Ce sacrifice avait pour but, non-seulement de fêter le retour d'Emaï et de sa famille, mais encore de faire participer, dans une certaine mesure, les habitants aux réjouissances faites en l'honneur de la victoire du chef.

Le corps fut d'abord soigneusement lavé, puis coupé en morceaux.

(1) Les Zélandais ne se contentent pas de manger le corps d'un chef vaincu; ils embaument sa tête au moyen de procédés particuliers et la conservent comme trophée de leur victoire. Ces trophées constituent les titres de gloire les plus appréciés, soit pour une famille, soit pour une peuplade. Elles portent les noms de moko-mokaï : de moka, tête tatouée; et mokaï, pauvre, misérable.

(2) M. Dumont d'Urville, *Voyages de l'Astrolabe*, tome II, pages 521-555.

Ces morceaux furent rapportés des bords de la rivière au village sur des branches vertes coupées aux arbres de la rive, que l'on posa par terre, près du trou où le feu achevait de rougir les pierres.

Quand celles-ci furent au degré voulu, on retira les morceaux de bois encore enflammés, et on les jeta au loin.

Sur ce lit de braise ardente et de pierres chauffées à rouge, on plaça une couche de branches et de feuilles vertes, choisies et lavées avec le plus grand soin.

Les morceaux de chair, placés sur cette couche de feuillage, reçurent une épaisse couverture de feuilles vertes; une natte de paille recouvrit le tout et fut arrosée d'une dizaine de litres d'eau qui, pénétrant en sifflant jusqu'aux pierres rouges, fit sortir de la fosse une vapeur épaisse que les assistants s'empressèrent de refouler en recouvrant le trou de terre.

Georges avait assisté en frissonnant à ce terrible spectacle. Seul dans la tribu, il ne partageait pas l'enthousiasme général, car, détail qui l'étonna vivement, les compagnes de la malheureuse victime --- soit que chacune d'elles s'estimât heureuse de n'avoir pas été désignée, soit que la solennité de la circonstance et la perspective de participer au festin, exerçassent sur leur esprit une impression plus forte que le sentiment de l'affection et du regret --- s'associaient à la joie générale.

La cuisson de ce mets sanglant demandant une dizaine d'heures au moins, le banquet ne devait avoir lieu que le soir.

A peine la dernière pelletée de terre eut-elle été jetée sur la fosse, que les mêmes mains qui venaient de préparer le corps de la victime, s'employèrent aux apprêts du repas du matin.

Du poisson, des racines de fougère, des patates douces accompagnées d'une ample distribution de cresson, furent servis dans chaque famille, et chacune y fit l'honneur avec un appétit que semblait aiguiser la perspective du régal promis pour le soir.

Georges laissa intactes les corbeilles qui se succédèrent devant lui. Il ne put se décider davantage à approcher une calebasse

de ses lèvres. L'eau la plus pure lui eût paru avoir le goût
du sang.

La journée pour lui fut longue et pénible. La pensée de ce
banquet de chair humaine l'obsédait. Tout ce que l'antiquité
jointe à ses lectures de voyages, pouvait présenter à son souvenir,
depuis l'horrible histoire des Atrides jusqu'aux récits de Cook,
passait devant ses yeux à travers un voile de sang, et il se demandait quand et comment les clartés de l'Évangile viendraient
mettre un terme à ces effroyables usages.

Parfois son esprit, planant plus haut, s'élevait jusqu'à Celui
dont les lèvres divines ont dit : « *Aimez-vous les uns les autres
comme je vous ai aimés;* » vers Celui qui, pour abolir toute
effusion de sang humain versé en idée de sacrifice, a répandu
son propre sang.

Et, reconnaissant, à ces caractères divins de mansuétude et
d'amour, la vérité de la religion chrétienne, il se sentait animé d'élans
de foi et de ferveur dont, quelques heures auparavant, il ne se serait
pas cru capable, et qui lui procuraient, au milieu de l'horreur
de la scène présente, un sentiment étrange, qu'il n'aurait su
définir, mais qui le remplissait de consolation et de paix.

XI

Assis, ou plutôt accroupi à l'ombre de la case du chef, Georges
fut, pendant toute la journée, d'autant plus libre de s'abandonner à
ses réflexions, que, les apprêts de la solennité du soir absorbant
toute leur sollicitude, la femme et les filles d'Emaï le laissèrent,
contre leur habitude, livré à lui-même.

De son côté, le chef avait trop à faire pour s'occuper beaucoup de lui.

Pendant que les hommes lui rendaient compte des affaires
survenues en son absence, les femmes, dirigées par Eshou, Epeka
et leur mère, fabriquaient, avec des feuilles de lin vert, des
corbeilles plus élégantes que celles dont on se servait habi-
tuellement.

Les plus jolies de ces corbeilles furent mises de côté, sans
doute pour recevoir le contenu du four; les autres furent remplies,
les unes de patates, les autres de poisson déjà préparé.

Un peu avant le coucher du soleil, le four fut ouvert, et
Georges vit, avec un profond dégoût, les enfants se glisser entre
les esclaves occupés de ce soin, et s'efforcer de préluder au régal
impatiemment attendu, en arrachant, aux membres fumants du
sinistre rôti, quelques lambeaux de chair; qu'ils se disputaient
ensuite avec de grands cris.

Cependant, les guerriers et leurs familles s'étant rassemblés et
accroupis, les corbeilles furent apportées avec une pompe inusitée
et distribuées aux assistants, une par groupe de huit à dix
personnes.

Les esclaves, assis à part et à une certaine distance, ne furent
pas oubliés.

Aux cris de joie qui avaient accueilli et accompagné la distribution des corbeilles, succéda un silence qui parut à Georges
avoir quelque chose de solennel, mais qui, en réalité, n'était que
le résultat d'un sentiment de sensualité avide, qui, chez les
peuples les plus civilisés, et parmi les gens du meilleur monde,
se produit plus ou moins absolu au début d'un repas.

Georges faisait partie du groupe placé à la droite d'Emaï; il
eut, ainsi que le chef, les honneurs d'une corbeille spéciale.

Sur cette corbeille, un morceau de viande, taillé dans la partie
réputée la plus délicate, était posé sur un lit de feuilles vertes.

L'aspect de cette chair était à s'y méprendre celui d'un morceau de porc frais, et, s'il n'eût été prévenu, nul doute que
Georges se fût empressé d'y faire honneur.

Mais il savait d'où elle provenait, et, en se souvenant que la
veille, à la même heure, la malheureuse créature à qui elle appartenait, une créature faite comme lui à l'image de Dieu, prenait là,
à quelques pas de lui, son dernier repas, il eut peine à modérer le
sentiment de douleur et d'indignation qui s'empara de lui.

Il se contenta cependant de repousser la corbeille, en faisant
signe qu'il ne pouvait, ni ne voulait toucher à son contenu.

Bien qu'Emaï et ses compagnons n'ignorassent pas que la
religion, la loi et les mœurs des blancs, réprouvaient l'usage,
comme aliment, de la chair humaine; cependant ils ne pouvaient
imaginer qu'un homme, à qui l'occasion d'un pareil régal était
offerte, pût avoir assez d'empire sur soi pour la repousser.

Aussi, malgré l'instinct de politesse et de réserve, qui empêche
généralement le Nouveau-Zélandais d'insister pour faire accepter par
un hôte ce que celui-ci refuse, Emaï se crut-il obligé à quelques
instances.

Georges, n'osant désobliger le chef, dont l'influence lui avait
évidemment sauvé la vie, et dont l'amitié et la protection étaient
son seul espoir, ne jugea pas devoir persister dans son refus.

Il accepta la corbeille.

Après l'avoir gardée quelques instants devant lui, sans en
toucher même le bord, il fit signe à un esclave de la prendre et
de la porter à la femme d'Emaï.

Non-seulement cet acte, que les assistants feignirent de considérer comme un acte de courtoisie, ne désobligea pas Emaï, mais
elle valut à Georges un redoublement de popularité parmi les
femmes du village, qui, à partir de ce moment, ratifièrent à l'envie
le jugement déjà porté au pâ, sur la bonté de « l'homme blanc. »

Contre l'usage zélandais, de terminer avec les dernières clartés
crépusculaires la journée toujours commencée avant l'aube, le
festin se prolongea fort avant dans la nuit.

Georges n'avait pas tardé, en quelque sorte, malgré sa volonté,
à accorder quelque intérêt à ce qui se passait autour de lui. Il

en arriva à oublier ce qui faisait le fond de la fête, pour n'en plus voir que les détails.

Dès le jour où il avait été pris par les insulaires, il avait remarqué que le chant jouait un grand rôle dans leur vie.

C'est au chant de paroles toujours les mêmes, mais modulées d'une foule de manières (1), qu'ils règlent le mouvement de leurs pagaies.

Chaque matin, il les entendait célébrer le lever du soleil par un hymne vif et joyeux, qu'ils exécutaient les bras tendus en avant, comme pour saluer avec une joie sans mélange le retour de la lumière.

Le soir, ils rendaient le même hommage à l'Atoua, créateur de la nuit aussi bien que du jour, mais avec une expression toute différente ; c'est tête baissée, et avec tous les signes de la tristesse et du regret, où les plonge la disparition de la lumière du soleil, qu'ils font entendre un chant bas et triste.

L'hymne, qu'ils adressent ensuite à la lune, est également plaintif, et ils l'accompagnent de gestes empreints d'un mélange de vénération et de crainte.

Dans ces diverses expressions, et surtout dans les nombreuses nuances, qu'au gré de ses impressions propres, chaque chanteur savait y introduire, Georges avait cru reconnaître, chez ses hôtes, un sentiment musical assez prononcé.

La soirée présente, malgré les répugnances et l'horreur qu'elle lui avait inspirées, devait, en l'intéressant vivement au point de vue artistique, le confirmer dans ce jugement (2).

Aussitôt après que les esclaves eurent enlevé les corbeilles,

(1) Ces paroles sont : *Tohi-ha, pahi-hia, hia-ha, etoke, etoki.*

(2) Les chants des Nouveaux-Zélandais, dit M. Dumont d'Urville, sont parfaitement appropriés aux sentiments qu'ils veulent exprimer. Ils sont, en outre, accompagnés de gestes très-expressifs qui ajoutent beaucoup à la signification des paroles. Sous ce rapport, tous les explorateurs reconnaissent à ces insulaires une supériorité marquée sur tous les autres peuples de la mer Pacifique. Leurs accents, disent-ils, semblent animés d'une étincelle de génie, et ils tirent de ce fait de fortes présomptions en faveur de la bonté de leur cœur.

qu'ils jetèrent au loin, afin qu'elles ne servissent pas une seconde
fois, et qu'ils eurent fait disparaître jusqu'aux moindres traces
du festin, le concert commença.

Un homme se leva, et d'une voix pleine et sonore, il entonna
un chant dont Georges ne comprenait pas les paroles, mais dont
il ne pouvait méconnaître le sens : le désir de se mesurer avec
l'ennemi, les fureurs du combat, les péripéties de la lutte, et
enfin la gloire du triomphe y étaient exprimés avec une vérité
qu'il était impossible de ne pas reconnaître.

Les assistants accompagnaient ces accents en battant la mesure
sur leur poitrine, avec un bruit rappelant celui du tambour.

L'effet était saisissant, et, quand, à la fin de chaque strophe,
toutes les voix s'unissaient pour redire le refrain, ou au moins
répéter en chœur les derniers mots, Georges se sentait emporté,
par son ardeur juvénile, à s'associer à l'élan général.

Sans se mêler aux hommes libres, ce qui n'est jamais autorisé,
les esclaves s'étaient sensiblement rapprochés, et une seule âme,
un seul esprit, semblait animer cette réunion de plusieurs centaines d'hommes.

Passant des émotions de la guerre au souvenir des aïeux,
aux traditions de la peuplade, les chanteurs trouvèrent des
accents plus doux, mais non moins expressifs.

En les écoutant, Georges croyait voir s'ouvrir devant lui les
pages de leurs annales, et, se souvenant des antiques coutumes
de sa patrie bien-aimée, il se dit que les chants des vieux druides
devaient avoir des accents semblables, pour graver, dans la
mémoire des peuples, quelques-uns au moins des vingt mille vers,
qui composaient l'enseignement oral et complet des écoles gauloises.

Après cette première partie du concert, consacrée aux sentiments et aux souvenirs guerriers et patriotiques de la nation, le
rythme et le ton changèrent tout à coup, et Georges fut forcé de
prêter une bien plus grande attention à la mimique des chanteurs,
pour saisir le sens de leurs chants.

Il reconnut bientôt qu'il s'agissait de plaisanteries satyriques, ayant pour but d'exciter le rire aux dépens de certaines personnes, prises pour but d'épigrammes plus ou moins acérées.

Tantôt ces personnes étaient absentes, et Georges se trouvait assez dérouté; tantôt elles étaient présentes, et leur attitude embarrassée, les regards dirigés sur elles, les gestes et les rires mal dissimulés des esclaves à demi cachés dans l'ombre, étaient autant d'indications qui le mettaient sur la voie.

Rien de plus gai et de plus bizarre que ce genre de chansons. L'expression franche et joviale des chanteurs, l'adhésion générale marquée par la reprise du refrain, ne se peuvent comparer qu'à la bonne humeur avec laquelle s'exécutait « la victime. »

Georges eut enfin son tour; mais cette fois ce ne furent ni des lazzis, ni des provocations au rire qui vinrent aux lèvres du chanteur.

Il s'adressa à l'étranger, « en homme pénétré d'un sentiment profond des devoirs de l'hospitalité. » Il raconta comment il était arrivé dans la tribu, il vanta les qualités qui lui avaient valu la protection et l'amitié « du grand chef » ; il termina par l'éloge de sa bravoure, bravoure, dit-il, qui se manifesterait dès la première fois où il entrerait dans les sentiers de la guerre contre les ennemis de la tribu.

Comme accompagnement aux paroles qui exprimaient cette dernière espérance et manifestaient le désir de le voir bientôt, le *mero* à la main, aux côtés d'Emaï, pour partager la gloire du combat, comme il y était en cet instant pour partager les réjouissances de la paix; l'accompagnement sur les poitrines alla *crescendo* et arriva à produire un tel bruit que Georges se prit à craindre sérieusement pour ceux qui faisaient sur leurs os un si assourdissant exercice.

Il ne crut pas cependant devoir paraître indifférent à cet hommage bruyant qui lui était rendu, et, tout en riant *in petto*

de ce que penseraient ses amis de France et ses camarades de
bord à le voir tambouriner avec fracas sur sa poitrine, il se mit
à faire consciencieusement sa partie dans le vacarme général.

Tous les regards fixés sur lui, lui donnèrent à penser que l'étiquette
zélandaise exigeait qu'il répondît au chant improvisé en son honneur.

Un geste expressif d'Emaï le confirma dans cette supposition.

Se levant aussitôt, il entonna une chanson française que les
naturels écoutèrent dans un grand silence, et dont ils saisirent
assez rapidement l'air pour pouvoir, dès le second couplet,
accompagner le refrain avec un ensemble surprenant.

Après celle de l'étranger, aucune voix ne devait se faire
entendre; ainsi l'ordonne le cérémonial zélandais; mais le
concert ne devait pas finir pour cela.

Les esclaves présentèrent à leurs maîtres des instruments de
musique qui, dès l'après-midi, avaient été sortis, à cet effet, du
magasin général.

C'étaient des tubes de quinze à vingt centimètres de long,
ouverts à leurs deux extrémités et pourvus de quatre trous :
trois d'un côté et un seul de l'autre.

Ou encore, deux pièces de bois, réunies hermétiquement par
des liures très-serrées de manière à former un tube renflé par
le milieu, où se trouve un seul trou assez large (1).

D'autres, enfin, ont des trous de chaque côté, outre ceux des
deux bouts.

Georges avait déjà vu et examiné ces divers instruments (2).
Il avait admiré les sculptures, bizarres comme dessin, mais très-
remarquables comme exécution, qui les ornent généralement,
et s'était étonné d'y trouver des incrustations de nacre très-
artistement travaillées.

(1) On souffle par un des bouts de cet instrument, et on tient le doigt à l'autre bout ;
le mouvement de ce doigt varie les modulations.

(2) Outre les différentes espèces de flûtes, les Zélandais ont, comme instruments de
musique, la *trompette marine* percée d'un trou pour s'appeler à de grandes distances ou
s'exciter au combat, et une sorte de lyre grossière à trois ou quatre cordes dont le son
sourd et bref est très-peu musical.

Il savait que la majeure partie de ces instruments sont en bois, un assez grand nombre cependant sont faits avec des os humains.

Cette dernière circonstance le ramena brusquement à la pensée, qu'il se reprocha presque d'avoir trop longtemps écartée, du sacrifice humain qui avait servi d'occasion au concert, et il se sentit peu disposé à accorder une attention impartiale à sa dernière partie.

Cette partie, du reste, était bien inférieure à la précédente. Les sons peu variés des flûtes étaient produits, non par le souffle de la bouche, mais par celui des narines, ce qui, aux yeux d'un Européen, ajoute le grotesque au défaut d'exécution.

Le lendemain de cette journée, une des plus émouvantes que Georges eut encore comptées dans sa vie, bien qu'il n'y eût couru aucun danger, ses impressions furent d'un ordre tout différent.

Bien qu'il lui semblât prouvé qu'Emaï ne nourrissait contre lui aucun dessein funeste, puisqu'il le traitait en hôte et non en esclave ou en prisonnier, il était loin cependant d'être fixé sur le sort qu'on lui destinait.

Pouvait-il se considérer comme l'enfant d'adoption du chef, ou seulement comme un visiteur de passage chez lui ?

Ses incertitudes cessèrent lorsque, dès le matin qui suivit le banquet d'apparat que nous venons de décrire, Emaï, l'ayant conduit sur un emplacement vide non loin de sa demeure, lui proposa de le lui attribuer pour qu'il y établît sa maison.

Georges accepta de grand cœur, et il ne fallut pour régler l'affaire ni intermédiaire de notaire, ni longs pourparlers avec des architectes et des entrepreneurs.

Emaï parcourut le village, disant un mot à l'un, faisant un signe à un autre, et, quelques heures plus tard, une troupe nombreuse d'ouvriers étaient à l'œuvre.

Les uns traçaient les dimensions sur le sol, et Georges vit avec surprise que ces dimensions étaient, à peu de chose près, celles de la maison d'Emaï lui-même.

Les autres apportaient les matériaux, disposaient les palissades, taillaient les charpentes, etc., etc.

Le travail avançait comme par enchantement.

Au milieu de ce mouvement, qui rappelait celui d'un essaim d'abeilles, les femmes n'étaient pas inactives.

Les unes tressaient les nattes grossières qui devaient former tenture sur les murs ; les plus habiles tissaient les nattes plus fines, destinées à la garde-robe du nouveau chef ; car — Georges ne pouvait plus s'y méprendre — sa situation dans la peuplade allait être celle d'un rangatira de première classe.

La façon ingénieuse dont les Zélandaises s'y prenaient pour obtenir les tissus, que Georges avait déjà remarqués et admirés, l'intéressa vivement, et mérite que nous nous y arrêtions quelques instants.

Le *mouka*, ou fil de phormium (1), est disposé sur le châssis rectangulaire qui sert de métier, de manière à former une chaîne plus ou moins serrée, selon le degré de finesse et de force que l'on veut donner au tissu.

Le châssis est de la dimension exacte que doit avoir la natte.

La chaîne une fois disposée, une aiguille ou navette conduit, en passant alternativement au travers de ces brins tendus, le fil de la trame.

Pour une petite natte, une femme suffit seule à la besogne ; mais, quand la natte est grande, quand surtout elle doit recevoir des bordures variées et ornées d'une espèce de broderie, deux, trois et même cinq à six femmes travaillent au même métier.

Eshou et Epeka s'étaient réservé le soin d'orner la pièce capitale de ce riche trousseau zélandais, une natte qui n'avait

(1) Le phormium, fort commun et fort beau dans les terres basses de la Nouvelle-Zélande, joue un rôle considérable dans les usages et dans l'industrie du pays.

Les naturels coupent les feuilles de la plante et les apportent chez eux par paquets. A cet état, les feuilles portent le nom de *koradi*. On les racle fortement avec de grandes coquilles de moules, et on achève de séparer le chanvre de la paille avec les ongles des orteils qu'on laisse croître exprès pour cet objet. Les naturels ont imaginé, en outre, des peignes qui se rapprochent de ceux que nos tisserands emploient pour achever de nettoyer le chanvre. Une fois préparé, le phormium prend le nom de *mouka*.

pas moins de cinq mètres de longueur sur deux de largeur.

Quand la nuit vint, elles avaient à peine tendu sur le métier la moitié des fils de la trame, et elles firent entendre à Georges, qui leur demandait si le travail serait long, qu'il leur faudrait au moins six lunes pour le compléter.

Il est vrai que — ainsi que Georges s'en rendit compte plus tard — ce devait être un chef-d'œuvre, dont la bordure à dessins, tissée en poils de chien peints de diverses couleurs, formait, eu égard à la simplicité des matériaux et aux moyens d'exécution si bornés, un véritable objet d'art (1).

Georges se sentit pris de cet intérêt involontaire inhérent au sentiment de la propriété, lequel se produit chez l'homme de tout pays, de toute race, aussitôt que la moindre parcelle du sol lui est attribuée.

Ce terrain qui était sien, cette maison qui allait s'élever pour lui le fascinaient en quelque sorte, et, quelque désir qu'il eut de trouver moyen de quitter ce pays sauvage, quelque grande que fut son espérance de ne pas demeurer longtemps sans faire une tentative pour se rapprocher du moins de quelque point du littoral où il aurait plus de chance d'apercevoir un navire européen — ce navire dût-il passer sans remarquer ses signaux! — quelque ferme, en un mot, que fut son intention d'abréger, autant que possible, son séjour au village d'Emaï, il lui eût été difficile de s'intéresser davantage à l'érection d'un palais à lui appartenant dans sa patrie, qu'il ne le faisait à l'égard de cette cabane plus que rustique dans un coin innommé de la Nouvelle-Zélande.

Un grand mouvement qui, en se produisant tout à coup, fit abandonner leurs occupations à la majeure partie des travail-

---

(1) Le tissu des nattes de phormium est très-varié. Tantôt on emploie des fils tordus, tantôt des fils plats; tantôt la navette, toujours conduite à la main, croise fil à fil la chaîne; tantôt les fils de la chaîne sont soulevés et abaissés irrégulièrement de manière à produire une sorte de croisé ou de damassé.

C'est en laissant le mouka exposé plusieurs jours à la rosée qu'on lui fait acquérir la blancheur éclatante que les Européens admirent.

:eurs, mit un terme aux projets de Georges concernant *ses
constructions*.

Il se hâta de rejoindre le chef qu'il trouva occupé à revêtir
ses plus belles nattes et ses plus magnifiques ornements : des
coureurs venaient d'arriver précédant, de quelques instants seulement, plusieurs chefs des environs qui venaient avec leur
famille, visiter Emaï et le féliciter de son retour dans le voisinage.

Ils firent bientôt leur entrée dans le village, et Georges fut
étonné de les voir suivis de leurs esclaves.

Il y eut un échange fort bruyant de lamentations, mêlées d'égra-
tignures au visage et de coups de poing sur la poitrine.

Puis eut lieu la partie la plus intéressante de l'entrevue : la
présentation ou plutôt « *l'exhibition de l'homme blanc*. »

Objet de la curiosité générale, entouré surtout par les femmes,
auxquelles Eshou et Epeka avaient déjà eu le temps de raconter
combien « *était bon l'homme au pâle visage*, » Georges se
prit à penser à ces malheureux phénomènes que, dans nos foires
françaises, on exhibe aux regards du public.

Du reste, la curiosité des naturels n'avait rien d'hostile, rien
de railleur, et, l'idée de la comparaison ayant traversé son esprit,
il était forcé de s'avouer qu'à cet égard du moins, les hommes
sauvages se montraient infiniment supérieurs aux hommes civilisés.

Sa personnalité et les souvenirs laissés par les premiers
explorateurs, firent tous les frais de la conversation, et, bien
que Georges fût encore très-peu avancé dans l'étude de la langue
zélandaise, il en savait assez cependant, pour comprendre que
les convives d'Emaï, aussi bien que celui-ci et ses compagnons,
partageaient le sentiment général des peuples des autres races
à l'endroit de la race blanche : sentiment de respect, de
crainte et aussi d'admiration qui touche par un grand nombre
de points au culte rendu, sinon à des dieux proprement dits,
du moins à des êtres supérieurs et participant, dans une
certaine mesure, aux privilèges de la divinité.

Et ainsi, cet homme qui, loin des siens, se trouvait exposé,
sans défense, à toutes les incertitudes d'une vie dépendante;
cet homme, dont le seul arbitre était le caprice d'un chef
sauvage et les bonnes ou mauvaises dispositions d'une peuplade
anthropophage, se sentait presque roi au sein de cette réunion
dont il ne comprenait même pas la langue.

De quelle marque mystérieuse le doigt divin du souverain
Créateur a-t-il donc marqué, au front, les heureux possesseurs
de sa loi sainte ?

Quelle grandeur a-t-il attachée à la civilisation chrétienne, pour
que les peuples, qui en possèdent le bienfait, aient ainsi le don
d'imposer leur domination morale à quiconque en est privé ?...

A un moment de la conversation, le mot *moko*, prononcé avec
vivacité à plusieurs reprises, attira l'attention de Georges, qui
remarqua avec un secret effroi tous les regards fixés sur lui.

S'étonnait-on qu'il ne fut pas tatoué ?.... Etait-il question de le
soumettre à cette terrible opération ? Il ne put s'en rendre bien
clairement compte ; mais la pensée lui demeura qu'un jour ou
l'autre, le tatouage lui serait imposé. Ce fut comme un nuage
qui s'étendit soudain sur le rayonnement de sa pensée, et le
ramena à la triste réalité, c'est-à-dire à plus de deux mille
lieues des chers rivages où le pleuraient ceux qui l'aimaient.

Mais il était dit que, ce jour-là, les plus pénibles impressions
ne pourraient qu'exercer un empire rapide sur sa pensée.

A l'issue du dîner, un spectacle plus intéressant encore que
le concert de la veille, le bal — ce bal si désiré par Georges —
commença avec les premières notes du *pihe* (1), qu'entonna, après
s'être retiré un peu à l'écart, un des chefs en visite chez Emaï.

Celui-ci et deux ou trois guerriers étaient restés assis auprès
de Georges, sans doute par courtoisie et pour ne pas le laisser

(1) Le *pihe* est le chant de guerre national des Nouveaux-Zélandais; ils l'exécutent au
commencement des combats, aux cérémonies funéraires, avant les sacrifices, dans les
réunions d'apparat et, sauf les deux premiers cas, ils l'accompagnent d'une danse
guerrière très-caractéristique.

seul. Tous les autres assistants s'étaient rangés en deux files.

Après la première mesure du chant vigoureusement rythmé du *pike*, Georges vit comme un frémissement courir tout le long de cette double chaîne humaine. Les corps se penchèrent en arrière, les têtes se balancèrent, presqu'insensiblement d'abord, et peu à peu avec une rapidité et une force convulsives.

Les yeux roulaient dans les orbites avec des contractions saccadées et effrayantes, les langues sortaient démesurément des lèvres frémissantes.... Ce n'étaient plus des hommes, c'étaient de véritables démons qui, s'agitant toujours à la même place, frappaient parfois si fortement le sol, que la terre semblait devoir s'ouvrir sous leurs pas.

Le spectacle était horrible, mais il était fascinateur. Georges, plus haletant peut-être que les danseurs eux-mêmes, se sentait attiré dans leurs rangs par une sorte de puissance magnétique qui lui donnait le vertige. Il se cramponnait à la natte, sur laquelle il était assis, pour ne pas céder à cette singulière attraction.

Il s'efforçait de détourner les regards, de fermer les yeux ; il ne pouvait y réussir. La sombre légende de la danse macabre lui semblait avoir pris corps et chercher à l'enlacer dans ses terribles replis. L'ensemble parfait, avec lequel les danseurs exécutaient leurs mouvements et jusqu'à leurs moindres gestes, ajoutait à cet effet entraînant.

Plusieurs centaines d'hommes étaient engagés dans cette danse vraiment fantastique, et on eût pu croire qu'ils ne formaient qu'un seul et même individu, tant ils se montraient attentifs à suivre la même mesure. C'était une chaîne animée et ondulante, dont les anneaux humains se confondaient de manière à produire un mouvement unique.

En se sentant si invinciblement « enlevé » par l'expression tour à tour sombre, lugubre, terrible et enivrante du *pike*, Georges se demanda ce qu'il éprouverait, s'il entendait cet hymne guerrier entonné par deux ou trois mille guerriers, pré-

ludant ainsi au moment de s'élancer les uns sur les autres
pour se détruire et s'entre-dévorer.

Au début de la danse, les hommes seuls y avaient pris part;
mais, à mesure que l'enthousiasme les gagnait, les femmes et
même les enfants se joignirent à eux ; bientôt, sauf quelques
vieillards et les chefs restés auprès de Georges, il n'y eut plus un
être humain libre qui ne fût engagé dans cette trépidation furieuse.

Un peu au delà, et curieusement groupés, les esclaves con-
templaient, sans y pouvoir prendre part autrement que par le
mouvement bizarrement cadencé de la tête et des épaules,
cette scène vraiment digne du pinceau d'un nouvel Hoggarth.

Au *pike* succédèrent d'autres chants guerriers, sans que
l'ardeur de la danse cessât, et les gestes frénétiques, les
violents efforts des danseurs ne se ralentirent que lorsque, exté-
nués et à bout de force, ils tombèrent épuisés de fatigue.

Georges, complétement absorbé, ainsi que nous l'avons dit,
par la puissance entraînante de la danse qui venait de prendre
fin, ne s'aperçut qu'alors de l'impression ressentie par les chefs.

Nonobstant la contrainte que, par politesse, ils cherchaient
à s'imposer, leur poitrine haletait, leur traits s'étaient animés,
leurs yeux roulaient dans leur orbite, leurs genoux s'agitaient
convulsivement, et leur langue sortait de la bouche.

Il était aisé de voir qu'en dépit de l'immobilité qu'ils s'étaient
imposée, ils s'étaient unis d'esprit et de cœur aux mouvements
et aux paroles de leurs guerriers.

La visite des chefs amis se prolongea plusieurs jours, ce qui
n'empêcha point que les travaux et les habitudes de la tribu
reprissent leur cours ordinaire.

Les femmes, entourées des étrangères, dont elles recevaient
avec déférence les avis, se remirent à leurs métiers délaissés
la veille, et tous les regards concentrés sur Georges, aussitôt
qu'il se montrait, prouvaient que toutes savaient à qui étaient
destinés tous ces travaux.

Mais Georges ne se montrait que le moins possible dans les cercles de femmes. Après les étonnements de la soirée précédente, toutes ses pensées avaient fait retour à la grande préoccupation du moment : son habitation, dont les murailles et la charpente s'élevaient rapidement.

Il eût voulu donner à cette demeure une apparence qui lui rappelât la patrie, et, s'il eût su la langue des travailleurs, il y eût probablement réussi, si grande est l'aptitude des naturels de la Nouvelle-Zélande à exécuter les instructions qu'ils reçoivent; mais il ne pouvait guère que se faire entendre par signes, et il lui fallut reconnaître que c'est un moyen de communication trop sommaire pour y pouvoir recourir utilement en pareille occurrence.

Il essaya du dessin, et ses esquisses ne semblèrent probablement pas plus compréhensibles que ses signes, car elles ne provoquèrent que des gestes et des exclamations d'étonnement.

Peut-être aussi esquisses et signes étaient-ils compris, mais les usages du pays ne permettaient-ils pas de tenir compte de toute observation ayant pour but une modification d'architecture ou d'aménagement.

Quoi qu'il en soit, Georges dut se contenter d'une habitation à l'instar de celles des principaux rangatiras, et que celle du chef surpassait seule en dimension et en ornements.

Du reste, ce furent les mêmes dispositions extérieures et intérieures : la cuisine, en plein vent, avec une sorte de hangard dans une de ses parties, en prévision sans doute des intempéries de l'hiver; dans l'habitation, sans cheminée et sans foyer (1), la petite surélévation du sol, dans la partie la plus

(1) Dans quelques habitations zélandaises, un petit carré creux entouré de pierres est destiné à servir de foyer. La fumée de ce feu, que l'on n'y allume, du reste, que rarement, n'ayant d'autre issue que la porte ou la fenêtre — encore cette dernière est-elle un véritable objet de luxe réservé aux maisons des chefs, — l'intérieur des cases est inhabitable quand il y a du feu. Heureusement que ces cases sont si hermétiquement closes et si chaudes par elles-mêmes, que, même par les plus grands froids, le moindre feu suffit à les échauffer pour plusieurs jours.

éloignée de la porte, destinée à recevoir l'épaisse couche d'herbes
sèches qui sert de lit aux naturels (1) ; enfin, à l'extérieur, près
de la porte, fut placée une figure grotesque. Georges, la prenant
pour une idole zélandaise, se demandait s'il devait permettre
qu'elle eût l'air de servir d'égide à la demeure d'un chrétien.

Craignant cependant d'indisposer ses hôtes, il remit ses observations, à cet égard, au temps peu éloigné, espérait-il, où il
pourrait leur expliquer ses scrupules. Or, avant même que ce
moment fut arrivé, il savait que sa conscience n'était engagée
en rien dans la question.

En effet, ces images bizarres, non-seulement ne sont l'objet
d'aucun culte, mais nul ne leur reconnaît de caractère religieux.
Leur unique emploi est d'interdire, aux esclaves et aux hommes
du peuple, l'entrée des demeures où elles sont placées, demeures des chefs, dont tout autre qu'un rangatira ne peut
franchir le seuil sans encourir la peine de mort.

La pose de cette effigie équivaut à celle, en France, du
drapeau hissé à la façade d'une maison neuve ; elle annonce
que la construction est achevée.

Les travaux duraient depuis deux semaines, quand Georges
prit, en grande solennité, possession de son palais zélandais,
dont les dépendances étaient closes par une palissade de trois
mètres de hauteur, destinée à séparer la nouvelle demeure des
propriétés voisines, et à la garantir du vent et de la pluie.

Les dimensions de cet enclos eût fait connaître à un obser-
vateur plus au courant des mœurs locales que ne l'était Georges,
qu'il n'était pas considéré comme un hôte de passage, mais
comme un membre de la tribu, destiné à y former souche :
l'espace, en effet, avait été calculé en vue qu'il pût, au fur
et à mesure que sa famille augmenterait, grouper d'autres petites
cases autour de celle qui venait d'être élevée.

(1) Quand la famille est nombreuse, une sorte de traverse, formée d'une grosse
poutre de bois, est placée de manière à servir d'oreiller aux dormeurs qui se couchent
des deux côtés, de façon à entre-croiser leurs têtes.

Le bâtiment et la clôture achevés, commença l'aménagement. Chacun voulut y contribuer dans la mesure de ses moyens et de sa générosité. Les coffres, en forme de pirogues, diversement ouvragés, furent placés par leurs donateurs contre les murailles, que des mains laborieuses revêtirent de leurs tentures de nattes, tandis que d'autres mains plus habiles remplissaient les bahuts de nattes et autres objets nécessaires à assurer le confortable et le luxe, tels que le comprennent les habitants du pays.

Des armes, choisies dans le magasin général, furent appendues à la place d'honneur.

Georges suivait avec un véritable intérêt, et peut-être avec une certaine joie juvénile, tous ces préparatifs.

Il ne lui déplaisait pas, pendant son séjour forcé en Zélande, d'être pris au sérieux et traité en chef.

Le costume lui-même le séduisait. Il se disait qu'à tout prendre, il aurait meilleure mine drapé dans la double natte de fin tissu, que vêtu de la veste fanée et déchiquetée qui couvrait mal ses épaules et sa poitrine, et qui rendait étrangement singulière la seconde partie de son costume, composé d'une natte, qu'il avait roulée autour de la partie inférieure, de la façon à peu près dont les garçons boulangers portent leur tablier de travail.

La mise en possession de sa demeure se fit en grande solennité.

Emaï, qui joignait, ainsi que quelques autres grands chefs zélandais, le titre sacré de *tohounga* (1) à celui de chef militaire et civil, prononça les formules consacrées pour chasser les mauvais esprits de la nouvelle maison et y appeler les bons.

Ensuite il promit, à celui à qui la maison était destinée, une longue suite de bonheur et de gloire. Il lui annonça qu'il « verrait ses enfants et ses petits-enfants prospérer, et que sa vieillesse serait longue et honorée. »

----

(1) Aux bords de la baie des Îles, les prêtres portent le nom d'*arikis*. Dans le reste de la Zélande, ils se nomment *tohoungas*, mot qui signifie concevoir, comprendre.

Puis, prenant des mains d'un autre chef qui le lui présentait avec tous les signes du respect, un *pounouma* (1), il le présenta à Georges, mais ne le laissa ni prendre, ni même toucher. Il le rendit à celui qui le lui avait présenté, en faisant un signe qui indiquait que celui-ci ne le lui remettrait que plus tard... quand, sans doute, il aurait rempli certaines formalités indispensables.

Il en fut de même pour le mère et pour les autres armes : tout cela lui était destiné, mais à une condition...

Laquelle!.... Le pressentiment du moko se dressa devant Georges comme un spectre, et son enthousiasme pour la dignité de chef, qui lui apparaissait de plus en plus attrayante, se sentit singulièrement refroidi.

Mais Georges était jeune, il était Français et marin : aucune inquiétude ne pouvait l'influencer longtemps.

Il ne tarda donc pas à recouvrer toute sa joyeuse humeur, et il avait oublié jusque l'existence même du moko, lorsque tout à coup deux insulaires se jetèrent sur lui, le saisirent au collet et, avant qu'il songeât même à faire résistance, l'entraînèrent hors de la maison.

Tous les assistants suivirent en tumulte, et en quelques secondes, non-seulement ceux qui étaient dans la maison avec les chefs, mais la majeure partie des habitants se trouvèrent assis en cercle autour d'un vaste intervalle, dont le prisonnier et ses gardiens occupaient le centre.

Qu'allait-il donc se passer ?

Dans son ignorance des usages du pays, avait-il fait quelque acte malséant, qu'il s'agissait de punir?

Les bons traitements, les honneurs reçus, la construction

(1) Figure bizarre en jade vert que les Zélandais portent suspendue sur leur poitrine, et à laquelle ils attachent le plus grand prix. Les Européens ont cru longtemps que c'était pour eux une sorte de divinité, à laquelle ils rendaient un culte religieux. C'était, paraît-il, une erreur. Le *pounouma* serait simplement un signe distinctif, un souvenir précieux, à la séparation duquel s'attacherait une idée de déchéance, de déshonneur.

do la maison, les présents nombreux, tout cela n'était-il qu'un leurre pour rendre sa mort plus dramatique?

Mais était-ce bien la mort qui l'attendait? n'y avait-il pas là plutôt quelque épreuve précédant une initiation mystérieuse, quelque rite inconnu et terrible dans les formes, mais complètement inoffensif du reste?

Telles étaient les questions qui traversèrent rapidement la pensée de Georges, sans que son esprit pût se rattacher à aucune des craintes, à aucune des espérances qu'elles lui présentaient.

Une seule idée parfaitement nette se détacha de tout ce chaos : l'importance pour l'honneur et la renommée de la race à laquelle il appartenait, de se montrer calme et résolu.

Cessant de résister, il releva fièrement la tête, se croisa les bras sur la poitrine, et, dominant de son regard froid et hardi la foule qui l'entourait, il n'essaya même pas de se servir des mots assez nombreux qu'il connaissait pour demander une explication. Les hommes qui le tenaient le lâchèrent et s'écartèrent d'un ou deux pas. Lui ne bougea pas.

Cette attitude, ce silence et peut-être le froid dédain de son regard produisirent l'impression la plus favorable.

Un murmure approbateur circula dans la foule.

Emaï se leva, fit quelques pas en avant, et l'ondulation des plumes blanches de sa coiffure accompagna le signe de tête bienveillant et encourageant qu'il adressa au jeune homme en manière de salut.

— Tu es vraiment un chef!... dit-il avec une intonation admirative.

L'œil de Georges brilla d'un indicible éclat; l'initiation était achevée; elle était favorable!

Hélas!...

XII

L'éclair de légitime fierté allumé dans son regard n'était pas encore éteint que le jeune patient, saisi, non plus par deux, mais par trois ou quatre hommes, était dépouillé de ses vêtements et étendu par terre couché sur le dos.

L'heure terrible était arrivée; aucune résistance n'était possible.

Georges le comprit et n'essaya pas de protester; il concentra toute son énergie à supporter les douleurs de l'opération, et surtout les angoisses morales qui l'accompagnaient pour lui, sans donner le moindre signe de faiblesse.

La colère de la contrainte, qu'il considérait comme une offense, vint en aide heureusement à son courage et à son mépris habituel pour les souffrances, qualités, disons-le en passant, qu'il possédait à un haut degré, mais qui n'avaient jamais été mises à une aussi dure et aussi longue épreuve (1) que celles qui les attendaient.

Il s'agissait, comme Georges l'avait pressenti, du tatouage.

(1) L'usage du moko ou tatouage est général dans toute l'Océanie, mais il offre, en Nouvelle-Zélande, ce caractère particulier qu'au lieu d'être exécuté par une suite de piqûres comme chez les autres insulaires, il s'obtient au moyen d'une taille ou ciseau qui, au lieu d'effleurer simplement la peau, y creuse de profonds sillons. Le moko est le signe honorifique et distinctif du guerrier. Il est interdit, non-seulement aux esclaves mais même aux hommes de minime condition, et à ceux que quelque infirmité morale ou physique tient éloignés des champs de bataille.

Il n'est permis aux femmes sur le visage qu'aux lèvres, aux sourcils, au menton, où il ne peut consister qu'en quelques traits légers. En revanche, elles sont libres de se faire faire, sur les autres parties du corps, tels dessins qui leur plaisent.

Certains dessins du moko sont les priviléges de telles ou telles familles. En ce cas, elles tiennent, dans les mœurs zélandaises, à peu près la place qu'occupaient les armoiries dans les sociétés européennes du moyen-âge. De là l'observation d'un Zélandais qui, voyant un jour des armes gravées sur le cachet d'un officier de marine, lui demanda si c'était « le moko de sa famille. »

Bien que, se rendant compte de l'importance de cette opération et de l'idée honorifique qui s'y attachait, le jeune Français — à part les appréhensions de la douleur — se serait bien passé de cet honneur.

Il pensait — et il frémissait à cette perspective, — il pensait à l'impression qu'à son retour, il produirait en Europe. Ces affreuses bigarrures, en plein visage, allaient, lui semblait-il, le retrancher pour jamais de la société du monde civilisé!

Ainsi marqué, c'en était fait de sa carrière; c'en était fait de tout rêve d'avenir, de toute espérance de bonheur et de famille. Quelle femme pourrait s'attacher et voudrait épouser un homme tatoué?... Quel homme lui serrerait la main sans une arrière-pensée?... Son père lui-même consentirait-il à le reconnaître et à lui tendre les bras?...

Ces conséquences de l'acte qui se préparait étaient affreuses, et Emaï avait fait preuve d'une singulière connaissance du cœur humain, en ne demandant pas l'autorisation de son hôte, en ne lui laissant même pas pressentir son intention.

Contre l'usage cependant, et sans doute afin de ménager les forces du patient, en ne le soumettant pas dès le début aux douleurs vraiment inouïes, que cause le moko dans certaines parties du visage, telles que le bord des lèvres, le coin de l'œil et surtout les cloisons des narines, au lieu de commencer par le visage, les opérateurs s'attaquèrent à la large et musculeuse poitrine du jeune chef.

Pendant que les hommes, chargés de tenir Georges, le plaçaient dans la position convenable et disposaient toutes choses de façon à pouvoir l'y maintenir, quels que fussent ses efforts, dans un état d'immobilité complète, l'opérateur avait broyé du charbon et l'avait détrempé avec un peu d'eau, de manière à former un liquide épais.

Une pierre mince et plate servait de palette. En outre d'un petit pinceau en poil de chien placé sur le liquide noir, l'opé-

rateur était muni d'un os d'albatros ajusté à angle droit à un
petit manche en bois d'environ dix centimètres de long, dans
la forme d'une lancette de vétérinaire. L'os était, à son
extrémité, tranchant comme un ciseau.

Une sorte d'esquisse fut tracée au moyen d'un morceau de
charbon disposé et taillé en fusain. Ensuite, la lancette fut
trempée dans le liquide noir et appliquée sur les traits de
l'esquisse. Un coup sec, frappé sur le manche avec un très-
petit maillet de bois, la faisait pénétrer dans la chair assez
profondément pour en faire jaillir abondamment le sang qu'à
chaque coup, l'opérateur essuyait avec soin, afin de s'assurer
que l'incision était suffisamment régulière et profonde. Dans le
cas contraire, il replaçait très-exactement le ciseau sur l'entaille, et frappait de nouveau.

La douleur était atroce; les lèvres de Georges blémissaient;
il se sentait défaillir, mais il ne permettait pas à un seul
muscle de son corps de tressaillir.

Il sentait qu'il était le point de mire des naturels, et il ne
voulait pas leur donner la satisfaction de constater qu'un homme
blanc pouvait être moins endurci qu'un Zélandais à la souffrance.

Chaque entaille étant bien revue, et longuement imbibée avec
le pinceau de matière colorante, l'opérateur replaçait la lancette
à la suite et continuait le trait.

La sueur ruisselait sur le corps du patient; ses yeux,
malgré l'énergie de sa volonté, se fermaient, ses cheveux col-
laient à ses tempes, mais pas un frémissement n'agitait ses
lèvres.

Accoutumés à suivre les angoisses de l'agonie sur le visage
de leurs ennemis, les insulaires pouvaient mesurer toute l'in-
tensité de cette souffrance physique; mais ils n'étaient pas moins
aptes à apprécier la puissance morale, assez énergique pour
faire dominer ainsi l'esprit sur la matière.

Ils ne cachaient pas leurs sentiments, et si Georges ne pouvait voir l'éclat des regards fixés sur lui, il percevait le murmure admirateur qui accompagnait ces regards.

Le moment vint cependant où la pâleur livide du visage parut inquiétante. Emaï fit un signe, et sa femme, prenant des mains d'un esclave une calebasse pleine d'eau, traversa le cercle et vint s'asseoir près de Georges, dont elle humecta les lèvres et baigna le visage avec sollicitude.

L'opération, un instant interrompue, reprit son cours.

Quand il fallut passer des lignes du tracé aux détails de l'intérieur du dessin — à ce que nous appelerions les ombres, — le premier instrument fit place à un second de même nature, mais dont l'extrémité, au lieu de présenter la forme d'un ciseau, était munie de plusieurs dents aiguës comme celles d'un peigne. Enfin, l'opérateur se servit d'une espèce de petite scie en dents de requin, dont le léger grincement, en déchirant les chairs, agaça plus douloureusement encore que tout ce qui avait précédé, les nerfs de Georges et lui arracha le seul mouvement qui dut lui échapper.

Quoique l'opérateur fût adroit et expéditif, Georges resta cinq heures entre ses mains, cinq heures de souffrances physiques et d'angoisses morales, qui en firent pour lui autant de siècles.

Lorsque enfin, il ne sentit plus le mouvement de la lame aiguë entrant et sortant de sa chair; lorsque, épuisé par la perte de son sang, et plus encore par la contrainte qu'il s'était imposée, il se dit que l'opération, achevée pour cette fois, ne tarderait pas à recommencer, il se demanda si la mort n'eût pas été préférable à cette cruelle mutilation !

Les hommes cependant se retirèrent, et les femmes s'approchèrent pour prendre soin du patient, dont l'état de défaillance devint tel bientôt, que c'est à peine s'il conserva la conscience de ce qui se faisait autour de lui.

Pendant que leur mère continuait à lui entretenir une bienfaisante fraîcheur sur la tête et sur le visage, les filles d'Emaï,

munies de lin préparé pour cet usage, épongeaient le sang
qui coulait encore de ses blessures.

Quand il eut repris assez de forces pour marcher, les deux sœurs
le conduisirent à la rivière pour qu'il s'y lavât; puis elles le
ramenèrent près d'un grand feu, et lui présentèrent les vêtements
zélandais, que, désormais, il avait conquis le droit de porter.
Puis elles lui dirent qu'il venait d'être non-seulement tatoué,
mais *taboué*, ce qui veut dire sacré.

Georges était déjà assez au courant des usages et de la langue
de sa nouvelle patrie, dont il venait d'être fait citoyen, pour
comprendre la signification de ce mot.

Bien avant son arrivée dans l'océan Pacifique, il savait, d'ailleurs,
que la grande superstition de tous les peuples de race polyné-
sienne — superstition bizarre et vraiment caractéristique — est le
tabou ou *tapou*, lequel consiste à s'imposer la privation temporaire de certains objets. Par suite d'une idée d'impureté qui s'y
attache, cet objet — être vivant ou matière inanimée — est frappé
d'un caractère particulier, qui le met au pouvoir immédiat de la
divinité.

« Il n'ignorait pas que, plus que tout autre habitant de la
Polynésie, le Nouveau-Zélandais (1), et cela sans avoir conservé,
en aucune façon, l'idée du principe de morale sur lequel il a été
établi, croit fermement que le tapou est agréable à l'atoua, et que ce
motif lui suffit... Quiconque porterait une main sacrilége sur un
objet frappé du tapou, provoquerait la colère de l'atoua, qui ne
manquerait pas de le punir, en le faisant périr non-seulement
lui-même, mais celui ou ceux qui auraient établi le tapou, ou
en faveur duquel il a été institué. »

Georges, qui avait eu vaguement connaissance des détails
relatifs au tabou, avait pu juger par lui-même de leur exactitude,
et surtout apprécier l'appui que l'esprit d'ordre et d'autorité pouvait
en retirer.

(1) Dumont d'Urville. *Voyage de l'Astrolabe*, tome II, page 528.

Dans l'occurrence présente, il se félicita de l'isolement et du calme que cet état de tabou allait lui assurer.

Il fut laissé, en effet, entièrement à lui-même; personne, sauf les deux filles d'Emaï, chargées de pourvoir à ses besoins, et par suite tabouées comme lui, ne pouvaient l'approcher, lui parler, le troubler dans ses réflexions....

Eshou et Epeka étaient jeunes, douces et du plus aimable caractère. Avec cette liberté d'action et cette familiarité de rapports qui est le partage de la femme zélandaise avant son mariage, et qui, une fois qu'elle est épouse, fait place à une extrême réserve, elles avaient eu, dès le premier jour, les attentions les plus affectueuses pour l'hôte de leur père, qui s'était, de son côté, accoutumé à les considérer comme des sœurs, aussi, et quelque opposées que fussent, aux usages et aux mœurs de la France, leurs manières d'être auprès de lui, et par suite, quelque étranges que lui parussent les soins qu'elles lui prodiguaient, il les recevait sans aucune espèce d'embarras, et avec une véritable reconnaissance.

Les trois jours de tabou furent accompagnés, pour le pauvre Georges, d'une fièvre ardente. Il se vit de nouveau sur le seuil de l'éternité. Renouvelant le sacrifice, que plusieurs fois déjà il avait offert à Dieu, il se résigna à mourir ainsi dans la fleur de l'âge, au milieu d'une population étrangère, sans secours religieux, sans pouvoir même confier à celles qui l'entouraient de leurs soins, ses dernières pensées.

Il y avait dans cet isolement au milieu des hommes, dans cette impuissance de se communiquer à des cœurs cependant attentifs et dévoués, quelque chose de plus triste encore peut-être que dans l'abandon absolu où il se trouvait, lorsque, au sein de la vaste mer, il luttait contre les flots !

La présence d'êtres humains autour de lui, l'avait d'ailleurs rattaché à la vie; il en avait reçu de bons offices qui réclamaient d'autres services. Et quels services ? Les premières lueurs de la civilisation chrétienne, une sorte d'initiation à la foi religieuse

ét aux mœurs de l'Europe : c'était une dette de reconnaissance qu'il
s'était engagé vis-à-vis de lui-même à payer fidèlement. Et voilà
que la mort allait le rendre insolvable.

Ces pensées, qui, dès l'abord, se mêlaient très-nettes, très-
distinctes à la chère image de son vieux père, aux souvenirs
de son heureuse enfance, là-bas sur les bords de la mer qui baigne
la glorieuse France, à l'ombre de l'antique cité malouine, d'où
sont sortis tant de grands hommes de mer, tant de pionniers de
la civilisation et de l'industrie, ne tardèrent pas à se mêler, à se
confondre en un chaos inextricable.

Le malheureux avait le délire. Eshou et Epeka, accroupies
près de lui et mortellement tristes, s'efforçaient de calmer ses
souffrances en renouvelant constamment les lotions d'eau fraîche
sur son front et sur sa poitrine brûlante.

Leurs voix émues se mêlaient aux divagations tantôt paisibles,
tantôt bruyantes du malade, non pour lui parler directement, mais pour psalmodier les étranges formules de conjur-
ations au mauvais esprit qui, selon elles, agitait l'homme blanc.

Du reste, nul ne semblait se préoccuper de procurer au
malade le moindre secours médical. Chacun, au contraire,
apportait un soin excessif à ne pas s'approcher au delà d'une
distance respectueuse du théâtre de ce douloureux martyre.

Le *tangata-rongoa* (médecin) ne fut pas appelé. La fièvre,
qui suit le tatouage et que les naturels, d'ailleurs, éprouvent
à un degré bien moindre que Georges, n'étant pas considérée
comme une maladie, mais comme une des phases naturelles
qui suit l'opération du tabou.

Le troisième jour, au moment à peu près où le tabou finissait,
la fièvre se calma, et cette coïncidence acheva de persuader aux
naturels que la crise effroyable, par laquelle venait de passer
l'homme blanc, avait été produite par la lutte entre l'atoua de
son pays et celui de la Nouvelle-Zélande, lequel avait définitivement triomphé, grâce à la vertu puissante du moko.

A leurs yeux, Georges venait de conquérir définitivement la nationalité zélandaise. Il était bien réellement un enfant de la tribu.

Emaï fut le premier qui vint le visiter, et, avec le cérémonial accoutumé, le proclama guerrier. Puis il l'embrassa affectueusement en lui donnant le titre de fils, qu'il lui conserva toujours.

Les principaux rangatiras vinrent en foule féliciter le « nouveau chef, » qui, à la suite d'un festin donné en son honneur, fut mis solennellement en possession de sa maison.

Cependant, il n'en avait pas fini avec le moko; non-seulement, il devait être soumis à plusieurs nouvelles opérations avant que son tatouage fut complet, mais encore les suites de la première ne devaient pas se borner là.

L'inflammation des plaies suivit son cours normal, et ce ne fut qu'après six semaines de souffrances qu'il put se dire rétabli.

Après que trois fois, à six mois de distance, la même épreuve lui eut été imposée, il put se vanter de ne le céder à aucun Zélandais pour la perfection de son tatouage. Le moko ressortait sur sa peau fine et blanche avec une netteté de dessin et une vivacité de coloris qui ne tardèrent pas à être célèbres au loin, et dont la tribu d'Emaï toute entière ne manqua pas de se glorifier.

Ajoutons bien vite que, grâce à un habile emploi du tapou, Georges, que ses longues semaines de souffrances et de repos avaient mis à même de se former très-rapidement, en la société presque continuelle d'Eshou et d'Epeka, à la langue zélandaise, parvint à sauvegarder une partie de son visage.

Il persuada à Emaï que tous les traits de la figure, que ne recouvre pas la barbe, étant taboués chez les Européens, si ces parties venaient à être tatouées, non-seulement la paix de sa conscience serait à tout jamais compromise, mais encore ceux qui auraient ordonné ou exécuté l'opération seraient exposés à toute espèce de malheurs.

Tel est le respect de ces peuples pour tout ce qui touche
aux choses de la religion, qu'Emaï, tout en doutant fort que
l'atoua des blancs pût avoir quelque pouvoir dans le pays des
Zélandais (1), n'osa passer outre.

Un conseil fut réuni à cet effet, et les rangatiras, après
avoir pris l'avis des vieillards du village — avis toujours
respecté, — décidèrent que les joues et le menton seuls de
Georges seraient soumis au moko.

Cette grave décision réconcilia le jeune homme avec les exi-
gences de sa position. Il se dit qu'il en serait quitte, en
rentrant en France, pour laisser croître sa barbe!...

XIII

L'instruction donnée à Georges ne se borna pas à l'enseignement de la langue, dans laquelle, ainsi que nous venons de
le dire, il fit des progrès si rapides que, six mois après son
arrivée au village d'Emaï, il comprenait parfaitement le zélandais
et le parlait à peu près couramment. Sa prononciation seule
laissait encore à désirer; mais, comme au rebours de ce qui se
passe trop souvent chez les peuples civilisés, ses interlocuteurs
avaient la courtoisie de ne jamais le décourager par des railleries
intempestives, il ne se trouvait ni gêné, ni arrêté par les
fautes qu'il pouvait faire à cet égard.

A mesure que la facilité de se faire entendre lui permettait
de trouver un plaisir croissant aux exercices et aux occupations
des insulaires, il se surprenait à trouver fort agréable sa
nouvelle vie.

La pêche, la chasse se partageaient son temps. Que n'eût-il

(1) Selon les idées de ces peuples, les divinités de chaque pays sont locales, et leur
action ne s'exerce que là où elles sont adorées.

donné pour avoir conservé ses armes! Le plus mince pistolet, la plus mauvaise carabine du sloop eût été ici un véritable trésor. A défaut de cette ressource, et, son désir de ne demeurer en rien au-dessous de ses compagnons aidant, il s'exerça avec tant d'attention et de zèle au maniement des armes zélandaises, qu'il ne tarda pas à s'en servir avec adresse et succès. La hache d'armes, la longue lance devinrent, en ses mains, de terribles moyens d'attaque et de défense, et il put accepter de jouter, le mere au poing, avec les plus habiles.

Non moins adroit le lacet à la main, il contribuait, dans une large mesure, à alimenter d'oiseaux de toute sorte le village, et il en arriva à ce coup d'habileté des insulaires, qui consiste à prendre, par centaines, des perruches vertes, au moyen de lignes de quinze à vingt mètres de long.

Enfin, ce qui acheva de lui gagner les sympathies et l'admiration générale, ce fut son talent comme nageur et plongeur. Elevé au bord de la mer, à un temps et dans un pays où les habitants du littoral étaient passionnés pour tout ce qui touche à la vie maritime, Georges, doué d'un tempérament de fer et d'une grande énergie morale, avait, presque dès le berceau, pris l'habitude de mettre son bonheur et d'appliquer ses forces à jouer avec les vagues de l'Océan.

Il avait ainsi assoupli et développé ses muscles de façon à en arriver à lutter victorieusement avec le flot furieux et à pénétrer hardiment jusqu'au sein de l'abîme, soit pour lui arracher sa proie, soit pour en sonder les mystères.

Or, l'art du nageur et surtout celui du plongeur jouent un grand rôle dans la vie du Nouveau-Zélandais qui, par conséquent, les tient en grande estime.

Quelle que fut l'habileté de Georges, elle n'égalait pas cependant celle des naturels, et ce ne fut pas sans une vive admiration et une secrète envie qu'il les vit aller chercher le poisson vivant au fond des eaux les plus profondes.

Ce tour de force, journellement répété, piqua son émulation.
Il ne pouvait, il ne voulait, lui chef, rester au dessous
de ce qui s'accomplissait autour de lui.

Il essaya, et il réussit !

Emaï faisait assez souvent des excursions dans le voisinage,
et toujours Georges l'accompagnait. Une fois cependant, invité
avec sa famille à une fête dans un village assez éloigné, le
chef, voulant laisser sa mère, alors fort âgée, sous une protection sûre, confia à Georges le soin de veiller sur elle.

Dans la nuit qui suivit le départ du chef, la vieille femme
tomba gravement malade. Aussitôt, selon l'usage, on fit appeler
le tangata-rongoa, lequel ne devait plus quitter la malade
qu'elle ne fut guérie ou enterrée (1).

Par suite du tabou, qui frappe toute personne atteinte d'une
maladie assez grave pour être supposée mortelle, la pauvre
femme, malgré son âge et sa faiblesse, malgré son titre de
veuve et de mère du grand chef, avait été portée en plein air
et isolée de toute communication avec ses amis.

Un certain nombre d'esclaves l'assistaient, et, par ce fait, étaient
exclus eux-mêmes de tout contact avec aucun autre être humain.

(1) « Comme chez presque tous les peuples dans l'enfance de la civilisation, les prêtres
zélandais unissent à leurs fonctions particulières celle de médecin. Dès qu'une personne
tombe dangereusement malade, dit M. Dumont d'Urville (*Voyage de l'Astrolabe*, tome II,
pages 522-524), le prêtre-médecin est appelé et ne quitte plus son malade qu'il ne soit
guéri ou enterré. Les moyens curatifs se bornent le plus souvent à des prières à l'atoua,
à des jongleries de diverse nature, et surtout à faire observer rigoureusement les pré-
ceptes du tapou.

» Cependant ils prescrivent souvent une diète absolue qui peut être quelquefois
salutaire au patient mais qui, en d'autres occasions, suffit pour le tuer.... Les médecins
sont responsables de ce qui peut arriver aux malades. Quand celui-ci appartient aux
premiers rangs de la tribu, cette responsabilité devient très-sérieuse : un conseil est
chargé d'examiner la conduite du médecin ; on passe en revue les moindres circonstances
de la maladie et, si l'on venait à découvrir que le médecin, par ignorance ou par mal-
veillance, eût manqué à quelques-unes des lois du tapou, il serait exposé à un châtiment
sévère. Dans ce dernier cas, il courrait fort le risque de payer sa faute de sa tête, et
pourrait bien être sacrifié à l'esprit du défunt pour apaiser son ressentiment.

» Tout ce qui a trait à l'art de guérir se nomme *rongoa*, et les médecins sont, en
conséquence, nommés *tangata-rongoa*. Ils ont quelque idée des opérations chirurgicales
et savent extraire adroitement les pointes des lances qui ont pénétré dans les chairs,
en faisant de profondes incisions avec des coquilles tranchantes. »

Seul, Georges, s'affranchissant dans une certaine mesure du préjugé général, osait approcher assez de la malade pour pouvoir lui adresser quelques paroles de consolation et veiller à ce qu'il ne lui manquât rien.

Or, il arriva qu'ayant, la veille, prêté son couteau à un esclave qui voulait couper du jonc, il se servit de ce couteau pour couper quelques patates.

La malade vit ces patates et en demanda à un esclave qui, en présence du médecin, lui en donna. La nuit suivante, elle mourut.

Des coureurs furent expédiés sur-le-champ à Emaï, qui se hâta de rentrer, afin de procéder aux cérémonies, très-importantes en Zélande, des funérailles.

Le corps fut porté dans une pièce de terre inculte située au milieu du village. Là, il fut assis contre un poteau, avec une natte par dessous, et recouvert jusqu'au menton par une autre natte.

La tête et le visage furent enduits d'huile de requin; une feuille de lin verte fut placée comme une bandelette autour de la tête, et l'on y ficha plusieurs plumes blanches.

On éleva ensuite autour du corps une sorte de cloison en branchages assez semblable à une grande cage, afin de tenir éloignés les chiens et les enfants.

Ces préparatifs achevés, les guerriers entonnèrent le pihe, dont le chant, accompagné de danses funèbres et interrompu et recommencé à diverses reprises, dura jusqu'aux funérailles.

Pendant ce temps, les chefs de plusieurs milles à la ronde, arrivaient avec leurs familles et leurs esclaves chargés de provisions.

Le troisième jour après la mort, Emaï, sa famille, ainsi que les habitants du village et leurs hôtes, vinrent s'accroupir autour du corps.

Le moment, où, selon les insulaires, le waïdoua de la morte allait se séparer définitivement de ses restes mortels, était arrivé, c'était en même temps celui des adieux suprêmes.

Les assistants, laissant tomber la natte qui couvrait leurs épaules, commencèrent à se lamenter, à crier, à se meurtrir et à se déchirer les chairs (1), avec une fureur d'autant plus violente, que celle en l'honneur de qui s'accomplissait ce rite sanglant, avait été honorée entre toutes les femmes de la tribu, et pour ses qualités personnelles, pour les services rendus, la gloire acquise par son époux et ses fils, et enfin par suite de son âge très-avancé (2).

Après un certain temps employé à ces énergiques démonstrations de respect et de regret, les assistants reprirent leurs nattes et s'assirent par groupes, pour prendre le repas qui fut servi à chaque famille par ses propres esclaves, et avec les provisions apportées par ceux-ci.

Ce repas fut pris presque en silence, chacun s'observant soigneusement afin de conserver cette gravité recueillie qui est un des traits caractéristiques des mœurs de la Nouvelle-Zélande, et qui frappe d'autant plus qu'il fait contraste avec les manières étourdies et légères des naturels des autres îles de la Polynésie.

Le lendemain matin, les hommes seuls entourèrent le corps. Armés de leur lance, de leur hache d'armes et de leur mere, ils formèrent un grand cercle, au milieu duquel le tangata-rongoa entra

(1) « Il n'est pas de voyageur qui n'ait rendu justice à l'affection extraordinaire que les Zélandais portent à leurs enfants, à leurs parents, à leurs amis. Sensibles aux bienfaits et aux marques d'amitié qu'ils en ont reçus, ils en gardent religieusement le souvenir, et on peut compter sur leur reconnaissance. A la mort d'une personne qui leur est chère, ils s'abandonnent à la désolation la plus profonde. Dans leur opinion, ce n'est qu'en faisant jaillir leur propre sang et en le mêlant aux larmes qu'ils répandent, qu'ils peuvent témoigner dignement la douleur qu'ils éprouvent. Ils ne peuvent s'imaginer que les Européens, plus modérés dans leurs témoignages de deuil, aient des sentiments d'affection bien sincères et bien profonds. (Dumont d'Urville, *Voyage de l'Astrolabe* tome II, page 401.)

(2) Un sentiment qui fait beaucoup d'honneur aux Zélandais, c'est leur profond respect pour la vieillesse. Aux repas, aux conseils, dans toutes les occasions solennelles, les places d'honneur sont réservées aux vieillards. Les jeunes gens les écoutent avec respect. Quoique les chefs, parvenus à un certain âge, aient l'habitude de résigner eux-mêmes le pouvoir et le commandement de la tribu à leurs neveux ou à leurs fils, néanmoins ils conservent la plus grande influence au conseil, et il est rare qu'on décide jamais une entreprise sans les consulter. Ce respect pour l'âge s'étend jusqu'aux hommes du peuple et même aux esclaves. On voit des chefs nourrir des individus de cette classe et les traiter avec des égards marqués, bien qu'ils n'en tirent aucune sorte d'utilité, et uniquement à cause de leur âge avancé.

seul, et se prit à marcher tantôt en avant, tantôt en arrière. Il gesticulait avec animation, et Georges, qui se tenait à la droite d'Emaï, comprit qu'il prononçait une sorte d'éloge funèbre de la morte.

Après avoir énoncé ses titres aux regrets publics, après avoir vanté ses qualités, il aborda la dernière épreuve, à laquelle l'atoua l'avait soumise avant le moment du déchirement suprême, qui avait permis à son waïdoua de se séparer de son corps pour aller prendre possession de l'immortalité.

Ce récit fut très-exact comme détails de faits, mais, comme appréciation, il dépassa tout ce que Georges eût pu imaginer.

A l'avis du tangata-rongoa, la mère du chef était morte parce qu'elle avait mangé des patates coupées avec le couteau d'un blanc, après que ce couteau avait été employé à couper des joncs destinés à réparer une maison.

Cette conclusion, à laquelle il était loin de s'attendre, eût, malgré la gravité du moment, fait sourire Georges, si l'effroi, qui soudain se manifesta sur tous les visages, ne lui eût immédiatement donné à penser que cette opinion, si absurde qu'elle parût, allait être le point de départ d'un drame inattendu pour lui, mais prévu par les assistants.

Deux ou trois vieillards, sur la tête desquels ondulaient les plumes blanches, emblèmes de la dignité souveraine, s'avancèrent alors dans le cercle et délibérèrent à voix basse.

La délibération fut courte; le plus âgé d'entre eux prit la parole.

— Le conseil, dit-il, ayant reconnu que la mort de la mère d'Emaï a été le résultat d'une infraction grave aux lois sacrées du tabou, l'auteur de cette infraction doit subir la mort; à ce prix seulement, le waïdoua de notre amie pourra jouir, dans le sein de l'atoua, du bonheur qu'elle mérite.

Se tournant ensuite vers Georges :

— Le chef blanc, ajouta-t-il, a mal agi en prêtant à un esclave

le couteau tabou, dont celui-ci s'est servi. S'il connaissait mieux nos
usages, il serait inexcusable ; pour cette fois, nous prions l'atoua de
lui pardonner, mais qu'il se tienne averti pour l'avenir.

Moins impressionné du danger qu'il venait de courir que du sort
réservé au malheureux esclave, Georges, s'adressant à Emaï, le
supplia d'intervenir en sa faveur, mais Emaï ne bougea pas de la
place où il était assis. Il continua de pleurer la perte de sa mère et
ne parut même pas entendre la voix qui le sollicitait.

Pendant ce temps, un des chefs à plumes blanches sortit du cercle
et, allant droit à l'esclave incriminé, le tua d'un coup de mère sur
la tête. Déjà on s'emparait du corps de la victime dans l'intention
évidente d'en faire le mets principal du banquet funéraire. Emaï,
sortant de son abattement, intervint pour s'y opposer. Le corps
devait être enterré plus tard, à titre d'hommage et de réparation,
à côté de celui de sa mère.

Après cette exécution sommaire, le cercle se rompit, et les
étrangers quittèrent le village, tandis que le corps de la morte fut
enveloppé dans plusieurs nattes et emporté par Emaï et par le
tangata-rongoa, qui allèrent l'enterrer en quelque lieu écarté et
inconnu, où il devait rester jusqu'à ce que les chairs fussent déta-
chées des os.

Alors seulement, c'est-à-dire après deux à trois mois, il pourrait recevoir les honneurs réservés aux chefs, c'est-à-dire que les
os seraient nettoyés, lavés et renfermés dans une caisse préparée à
cet effet, laquelle caisse serait ensuite fermée et attachée à un poteau
dressé à l'endroit précis où le corps avait été d'abord déposé et
entouré d'une palissade de dix à douze mètres de circonférence
dominée par une figure de bois, indiquant que, cet endroit étant
taboué ou sacré, l'accès n'en était permis à qui que ce fût.

L'esclave devait être enterré dans un trou creusé au pied du
poteau (1).

(1) Tel est le cérémonial des funérailles pour tous les rangatiras. Quant aux esclaves,
leurs corps sont jetés tout simplement dans un trou creusé au hasard. On mange les
esclaves immolés, mais jamais ceux qui meurent de mort naturelle.

Quelques jours après les funérailles de sa mère, Emaï, qui avait passé ce temps dans une tristesse profonde, fit à Georges une ouverture, à laquelle le jeune homme s'attendait, et qu'il redoutait d'autant plus qu'il prévoyait qu'il ne lui serait pas possible de la repousser.

Les mœurs zélandaises ne comportent pas le célibat. Georges le savait, et il comprenait que son titre de rangatira et de fils adoptif d'un grand chef lui faisait une obligation de se choisir une femme.

Or, il lui répugnait de s'engager dans des liens qui ne pourraient être consacrés par les ministres de sa religion. Il se disait en outre que, en supposant même que sa conscience l'autorisât à suppléer par ses dispositions intérieures à ce que les circonstances ne lui permettraient pas de faire pour régulariser son union, cette union, s'il l'acceptait, ne serait pas à ses yeux moins indissoluble et sacrée. Or, avec l'intention bien arrêtée où il était de profiter de la première occasion favorable pour quitter la Nouvelle-Zélande, comment prendre vis-à-vis de soi-même l'engagement de remplir la charge d'époux et de père de famille.

Il y avait là une contradiction qui répugnait à la franche et loyale nature du jeune homme. Il eût voulu s'en ouvrir à Emaï, mais pouvait-il lui avouer son secret désir de le quitter?

Cependant les instances d'Emaï et des autres chefs devinrent si pressantes qu'il ne lui fut plus possible de les éluder. Il consentit donc, et aussitôt toutes les jeunes filles des rangatiras qui n'étaient point encore fiancées lui furent présentées, afin qu'il fît choix parmi elles des deux ou trois femmes, qu'il est d'usage qu'un chef épouse.

Aucune de ces femmes ne lui convint, alors Emaï lui proposa de le conduire chez un de ses frères, chef d'une tribu voisine, où il trouverait, lui dit-il, des jeunes filles renommées par leur beauté et leurs excellentes qualités.

Le voyage se fit, et après toutes les formalités de bienvenue accomplies, les jeunes filles furent présentées à Georges. Celui-ci, au lieu de choisir parmi elles, comme on s'y attendait, alla à

11

Eshou qui, ainsi que sa mère et sa sœur, avait suivi son père, et, lui présentant la main pour la faire lever de dessus l'herbe où elle était assise, lui dit que c'était elle qu'il choisissait.

Eshou retira vivement sa main et s'enfuit en poussant des cris aigus; mais les assistants, voyant que pas une larme n'accompagnait ces cris (1), ne s'y trompèrent pas.

Quelques jeunes gens se mirent à sa poursuite, et, l'ayant rejointe, la ramenèrent, malgré sa résistance apparente, vers Georges, qui s'empara de sa main et la conduisit à son père.

Emaï parut au comble de ses vœux, et Eshou reçut, les yeux baissés mais le sourire aux lèvres, le consentement ou plutôt l'ordre de son père.

Alors, au grand étonnement de Georges, qui ne s'attendait pas à ce dénouement, Emaï appela Epeka, sa seconde fille, qui accourut avec empressement, et, la présentant en même temps qu'Eshou, il les offrit toutes deux « au jeune chef blanc. »

Georges se tourna vers elles et leur demanda si elles consentaient librement à le suivre.

— Ia-pea, — Oui, j'y consens, — répondirent-elles sans hésiter (2).

Toutes les formalités du mariage étaient accomplies.

Emaï leur signifia qu'elles étaient tabouées pour leur mari, et leur ordonna de retourner au village avec lui et d'aller

(1) Quand une jeune fille ne pleure pas à la demande de mariage qui lui est faite avec l'agrément de ses parents, le mariage a lieu sur-le-champ; mais si elle pleure à la première proposition qui lui est faite et qu'elle persiste ensuite dans son refus, le mariage n'a pas lieu.

(2) Les chefs ont d'ordinaire trois à quatre femmes; quelquefois ce nombre va jusqu'à dix. Ils les logent dans autant de maisons contiguës, mais distinctes, afin qu'il n'y ait entre elles aucun motif de jalousie et de querelles. Parmi ces femmes qui vivent en bonne amitié entre elles, il y en a toujours une qui tient le premier rang; c'est celle dont la naissance est la plus élevée. Celle-ci participe seule aux honneurs et dignités de son mari, et ses enfants sont destinés à succéder au père dans ses possessions et dans son pouvoir. Tout mariage est formellement interdit entre les personnes de famille noble et les esclaves. M. Dumont d'Urville parle d'un chef qui tint enfermée, pendant des années entières, dans une étroite cage, sa fille unique pour la punir de s'être fiancée à un esclave. Les chefs épousent souvent plusieurs sœurs à la fois. En ce cas, et si ce sont des filles de chefs, elles vivent ensemble et sur le pied d'une parfaite égalité.

demeurer dans sa maison. Elles tendirent la main à Georges qui, aussitôt, partit seul avec elles.

Ils n'étaient pas depuis une heure de retour au village, quand Emaï, sa femme, son frère et leurs amis y arrivèrent.

Déjà la grande nouvelle y était connue. L'arrivée des trois jeunes gens seuls, l'entrée d'Eshou et d'Epeka dans la maison de Georges, avaient tout révélé, et les félicitations ne manquèrent point au chef et à sa famille.

Le soir même, Emaï donna une grande fête à sa peuplade.

Pendant la majeure partie de la nuit, les femmes exécutèrent la danse appelée *kant-kant*, qui est réservée pour les grandes occasions.

Il faut que les danseuses soient aussi nombreuses que bien exercées. Placées sur une longue file, elles agitent des lances au-dessus de leurs têtes et accompagnent leurs mouvements vifs et rapides de paroles appropriées à la circonstance.

Pendant ce temps, Georges se demandait à lui-même si ce qui venait de se passer était un rêve ou une réalité. Sa conscience se révoltait à la pensée de cette double union, réprouvée par les dogmes chrétiens ; mais, se sentant impuissant à réagir contre les usages du pays qui les lui imposait, il se gardait de laisser voir cette lutte de son esprit à ses deux femmes, dont le contentement ne cherchait pas à se dissimuler. Eshou et Epeka avaient, dès l'abord, conçu pour l'hôte de leur père une affection et une estime sincères.

Le rôle d'institutrices qu'elles avaient rempli auprès de lui, les soins qu'elles avaient donnés à son installation, l'hommage enfin qu'il leur avait rendu en repoussant à leur profit toutes leurs compagnes, avaient achevé de gagner leur cœur.

Elles n'eussent pas été femmes, s'il en eût été autrement, et, disons-le à la louange des mœurs de leur pays, elles n'eussent pas été Zélandaises, si, une fois mariées, ces sentiments ne se fussent pas développés et consolidés.

Le mariage qui, en apparence, se fait chez eux fort légèrement, est, en réalité, pour les Zélandais, l'acte le plus sérieux de la vie.

Les hommes sont généralement fort doux pour leurs femmes ; ils les traitent avec bonté et confiance, et en reçoivent, en revanche, une tendresse, une confiance illimitées.

Les querelles de ménage sont choses inouïes ; et quiconque irait dire à ces insulaires anthropophages ce qui se passe à cet égard dans tant d'autres pays, ou serait pris pour un menteur, ou donnerait la plus triste idée de sa patrie.

Georges n'eut donc pas à regretter le parti qu'il avait pris. Eshou et Epeka rivalisaient de soins, d'attentions. Timides et réservées, elles semblaient craindre par-dessus tout de se rendre importunes à celui dont le bien-être était le but constant de tous leurs efforts.

Les deux sœurs continuaient à vivre dans la plus grande union, et, fort habiles en tout ce qui concernait l'organisation d'une maison zélandaise, elles mirent celle de Georges sur le meilleur pied.

Si, stimulé dans son adresse de chasseur et de pêcheur, il ne laissait pas manquer le ménage de provisions, ses femmes, de leur côté, ne laissaient rien perdre de ces provisions.

Par leurs soins, le poisson qui ne se consommait pas frais était séché au soleil, après avoir été trempé à plusieurs reprises dans de l'eau salée ; les grands coquillages, retirés de leurs coquilles, en les présentant à un feu vif et clair, étaient enfilés en chapelets et séchés à la fumée ; les patates douces étaient enfilées et séchées par le même procédé ; les bottes de racines de fougère constituaient, au profit du nouveau ménage, dans le magasin public, un stock d'aliments plus que suffisant pour défier la famine d'une saison à l'autre.

D'autre part, la naturalisation de Georges marchait très-rapidement, depuis qu'il était marié. Le contact continuel de deux femmes attentives et aimantes, non-seulement le familiarisait forcément avec la langue et les usages du pays, mais, en concentrant ses affections et ses pensées dans sa nouvelle vie, le détachaient peu à peu des mœurs françaises, pour lui faire aimer celles de sa patrie d'adoption.

Si seulement il eût pu faire comprendre et goûter, aux compagnes de sa vie, les grandes vérités du christianisme ; s'il eût pu leur communiquer les motifs de sa foi et leur faire partager ses espérances d'éternel avenir, il se fût estimé réellement et profondément heureux.

Mais toutes ses tentatives à cet égard étaient à peu près infructueuses.

Eshou et Epeka, ainsi qu'Emaï, leur père, tout en se montrant parfaitement disposés à reconnaître et à adorer le Dieu de Georges, ne pouvaient se décider à renoncer à leurs atouas.

Ils convenaient que le Dieu des chrétiens pouvait être tout-puissant hors de la Nouvelle-Zélande ; mais, chez eux, ajoutaient-ils, la toute-puissance appartenait aux divinités de leurs pères.

Eshou et Epeka, qu'un mot de colère de la part de leur mari eût probablement portées à mettre fin à leur vie (1), se gardaient de jamais discuter avec lui sur ce sujet, mais leur conviction n'en persistait pas moins, plus forte que tous les raisonnements.

La religion zélandaise, n'admettant ni idoles, ni pratiques d'un culte régulier, Georges n'avait heureusement ni à souffrir, ni à interdire chez lui aucun acte extérieur d'idolâtrie. Mais il se sentait séparé de ses femmes, qu'il aimait véritablement et de plus en plus, d'abord, par les principes primordiaux de la foi chrétienne, ensuite, par une foule de croyances superstitieuses auxquelles il se sentait impuissant à les arracher.

Il est vrai que les doctrines spiritualistes, qui constituent le fond de la religion zélandaise, semblaient établir entre ses

(1) « Les femmes, dit M. Dumont d'Urville, sont très-sensibles aux reproches que leur mari leur adresse, et il arrive quelquefois qu'elles vont se pendre immédiatement après en avoir reçus. »

femmes et lui une sorte de lien commun. Lorsqu'il leur demandait : Sous quelle forme vous représentez-vous l'atoua ?

Et qu'elles lui répondaient : Comme une ombre immortelle !

Ou encore, lorsqu'Emaï lui disait : L'atoua est un esprit, un
souffle tout-puissant qui laisse échapper doucement son haleine
pour mieux exprimer sa pensée : il les sentait assez près de
la vérité révélée, pour se persuader qu'un jour viendrait où cette
vérité régnerait enfin en maîtresse sur leur esprit et leur cœur.

Mais, quand, quelques instants après, il les voyait trembler
à l'idée des maléfices d'un ariki mécontent ; quand il les entendait affirmer avec effroi que les grondements du tonnerre,
signe de la colère de l'atoua et présage des batailles, étaient
produits par le sifflement de l'atoua, changé, à cet effet, en
poisson ; quand il les voyait mettre toute leur confiance, pour
la guérison des malades qui leur étaient chers, dans les sortilèges
de leur tangata-rongoa ; quand surtout il se souvenait que,
selon ces pauvres créatures abusées, le plus sûr moyen d'honorer
la divinité et de se la rendre favorable, était de verser le sang
humain, tout son être se révoltait. Il sentait une distance incom-
mensurable s'étendre entre son âme et la leur. Dans ces moments,
la vie lui était un vrai supplice. Et cependant jamais il ne
lui arriva de désirer en voir arriver le terme : deux sentiments
également puissants le rattachaient fortement à l'existence.

C'était, d'abord, l'espoir, chaque jour plus ardent, de revoir la
France, et le désir d'en ramener, pour ces indigènes qui lui
devenaient de plus en plus chers, des prédicateurs de l'Évangile.

C'était, ensuite, la pensée du sort réservé à Eshou et à Epeka,
au cas où elles viendraient à le perdre. Il appréciait trop
l'attachement qu'elles lui avaient voué et, en même temps, il les
savait trop attachées aux devoirs et aux usages des femmes de
leur rang pour douter de la ferme volonté avec laquelle elles
revendiqueraient le privilège d'honorer sa mémoire, en se donnant
volontairement la mort sur sa tombe.

Cette idée le glaçait de terreur, et c'était une des superstitions qu'il cherchait le plus ardemment à combattre. Mais sur ce terrain, moins que sur tout autre, il sentait l'inutilité de sa propagande.

En effet, bien que ce ne soit pas, comme au Bengale et au Thibet (1), une nécessité impérieuse qui les porte à ne pas vouloir survivre à leurs époux, les femmes de la Nouvelle-Zélande — celles surtout, dont l'éducation ayant été faite dans la famille d'un chef, ont très-profondément enracinées dans le cœur les traditions du devoir, telles que la conservent avec soin les rangatiras d'ancienne origine — se font un point d'honneur de mettre fin à leurs jours aussitôt après la mort de leur mari.

Elles se pendent à un arbre ; cette action, toujours admirée et applaudie par les deux familles et leurs amis, est considérée comme la plus grande preuve d'attachement et le plus grand honneur que puisse recevoir la mémoire du mort (2).

La perspective de cet hommage qu'il savait que, ni Eshou, ni Epeka ne manqueraient de lui rendre, si elles lui survivaient, avait cet avantage qu'elle modérait le caractère naturellement très-aventureux de Georges et le rendait sage et prudent.

Du reste, tout en faisant à ses femmes les concessions exigées par les mœurs du pays, soit, par exemple, les repas pris au dehors, quelles que fussent les rigueurs de la saison, au lieu de les prendre commodément auprès du foyer, dont un tuyau de cheminée — innovation sans précédent dans l'île ! — écartait la fumée, il avait introduit assez d'améliorations dans sa

(1) « Si la loi du pays n'oblige pas formellement la femme, à la mort de son mari, à se sacrifier, elle lui interdit du moins de se remarier, avant qu'elle ait relevé les os du défunt ; car, à ce moment seulement, elle a achevé de remplir ses devoirs envers lui. Il paraît même qu'après ce délai, elle ne peut contracter de nouveaux liens sans imprimer une sorte de tache à sa réputation. Pour la conserver intacte, elle doit rester fidèle à la mémoire de son mari. Il arrive, assure-t-on, que pour empêcher une veuve de profaner cette mémoire par un nouveau mariage, les parents poussent parfois la barbarie jusqu'à l'immoler.

(2) Bien que des témoignages de tendresse du même genre donnés par des hommes soient beaucoup plus rares, on voit parfois cependant des maris refuser de survivre à la perte d'une femme tendrement aimée ou d'un parent chéri. Le suicide, en ces occasions, loin d'être blâmé, est admiré et honoré.

manière de vivre pour la rendre relativement très-confortable.

Pour lui être agréable et sur la demande de ses filles, Emaï avait envoyé des coureurs, jusque sur les rivages de la baie des Iles, afin d'obtenir quelques animaux européens et des graines de toutes les espèces de végétaux apportés en Nouvelle-Zélande par les navigateurs qui y avaient jusque-là débarqué.

Les messagers ramenèrent une superbe truie prête à mettre bas, et des graines de plusieurs sortes. La truie fut immédiatement offerte par Emaï à Georges, qui l'installa à la manière bretonne et s'entendit si bien à la soigner, qu'en peu d'années l'espèce s'en trouva propagée dans toute la contrée.

Quant aux graines, elles furent, à l'insu de Georges, semées en grand mystère, et ce fut une des plus douces émotions de cette période de sa vie que celle qu'il éprouva le jour où les deux sœurs le conduisirent en triomphe dans le champ où, symétriquement divisés en carrés séparés, s'étalaient dans tout le développement que donne à nos plantes d'Europe le sol riche et fertile de cette région, des pommes de terre, des navets, des choux et de magnifiques melons.

Bien que très-peu versé dans l'art de la poterie, Georges, de son côté, avait préparé une surprise à sa famille : l'excellente argile du pays, pétrie par ses mains novices, mais intelligentes, avait été transformée en plats, en assiettes, en aiguières, dont la forme et la cuisson, assez bien réussies, eussent fait une poterie plus que passable, s'il eût pu la compléter par un vernis.

Ces essais furent fort admirés, mais comme objets d'art, bien plus que comme ustensiles de ménage, car ils ne purent détrôner la calebasse pour les boissons, et les corbeilles de feuilles de lin vert pour les mets.

Il en fut de même pour le divan, fort élégant d'ailleurs, avec ses coussins de plumes moelleuses et ses housses de tresses de phormium, dont le chef blanc entoura sa chambre; non-seulement nul autre que lui ne consentit à en faire usage comme siège ou comme lit, mais cette innovation ne pénétra dans aucune autre demeure.

Jugeant que toutes ses tentatives pour modifier les usages de la vie journalière seraient superflues, et se demandant d'ailleurs, jusqu'à quel point elles pourraient, si elles étaient admises, être réellement utiles au bonheur des insulaires, Georges ne s'appliqua plus dès lors qu'à régler et utiliser dans la mesure du possible les ressources ordinaires du pays.

Mais ce à quoi il ne renonça pas, ce fut à combattre de toute son influence chez les autres, et à repousser entièrement de chez lui les superstitions qui, répugnant à sa conscience et à sa raison, lui semblaient préjudiciables au bonheur et au progrès moral des insulaires. Mais, sur ce terrain plus que sur tout autre, tous ses efforts devaient continuer à échouer.

Et ainsi chaque jour, en s'écoulant, l'affermissait davantage dans la conviction, qu'une mission chrétienne en Nouvelle-Zélande était, pour ce pays, le seul moyen de civilisation.

XIV

Nous ne saurions entrer dans tous les détails de la vie de notre héros, pendant les années qui s'écoulèrent après son mariage. La naissance de plusieurs enfants lui rendit ses épouses encore plus chères, et acheva de développer en lui les sentiments et l'amour de la famille, sans lui créer cependant des devoirs nouveaux bien déterminés.

Les enfants, en effet, croissent paisiblement sous les yeux de leurs parents sans être assujettis, dans le bas-âge, à aucune espèce de contrainte, de leçons ou d'exercices particuliers; ce n'est qu'arrivés à l'âge où ils peuvent déployer déjà une certaine force, qu'on commence à se préoccuper de leur éducation.

Dès lors, les petites filles se forment peu à peu sous la direction
de leurs mères aux travaux qui seront plus tard l'apanage de leur
sexe ; les garçons s'attachent plus particulièrement à la société de
leurs pères, ils les suivent dans les assemblées publiques, à la
chasse et même quelquefois à la guerre. Sous leurs yeux, ils se
forment à l'exercice de la lance, du patou, du mere, et ils
apprennent de bonne heure les chants et les danses guerrières
du pays (1).

En attendant le moment de commencer cette éducation et
d'y joindre les autres enseignements qu'il se proposait de donner
à ses enfants, Georges, suivant en cela l'usage du pays, s'occupait
presque constamment de sa petite famille à laquelle, pour premier
mot, il avait fait bégayer le *nom* de Dieu, et ceux de la France et
de son cher vieux père.

Il aimait à les porter sur son dos, à jouer avec eux, à leur
faire prendre leur repas, et surtout à les voir endormis en souriant dans les bras de leurs mères.

Au *por*, ou balle en étoffe du pays, garnie à l'intérieur avec le
duvet d'une espèce de jonc, et à laquelle pend un bout de corde
que l'adresse du joueur consiste à saisir lorsque retombe la balle
qu'il a jetée en l'air ; à ce jouet privilégié et presque unique du
pays, il avait joint tous les jeux d'Europe que son couteau avait pu
tailler dans le bois, ou ses doigts habiles tresser avec le chanvre.

Les heureux bambins avaient des toupies, des raquettes, des
volants, des billes, voire même un jeu de boule.

Mais ce qui les charmait surtout, non-seulement eux et leurs
petits camarades, mais encore tous les habitants du village,
c'était le magnifique cerf-volant, peint en ocre et en rouge,

---

(1) Les voyageurs font remarquer en faveur du caractère zélandais que, nonobstant la
liberté illimitée dont jouissent les enfants en Zélande, ils sont généralement joyeux,
d'une humeur égale et d'un caractère doux et aimable. Ils ne sont point sujets à ces
caprices bizarres, à ces dispositions fantasques qui rendent tant d'enfants maussades et
désagréables dans nos sociétés civilisées. Ils s'accoutument promptement à la vue des
étrangers et recherchent leur société sans cependant se rendre importuns ni indiscrets
(*Voyage de l'Astrolabe*, tome II, page 115.)

nommé par eux *pakandau*, et dont ils ne se lassaient pas de suivre les évolutions dans l'air.

Au sein de cette vie paisible et animée à la fois, la vision de la patrie lointaine s'adoucissait. Georges pensait moins souvent à son désir de la revoir; il en sentait moins le besoin, et d'autre part, persuadé que les vaillants apôtres de la lumière évangélique ne tarderaient pas à chercher et à suivre pas à pas les traces des premiers explorateurs de l'océan Pacifique, il se disait qu'il était peut-être plus sûr d'attendre les missionnaires de la bonne nouvelle, que d'aller à leur rencontre.

Son cœur et sa conscience se mettaient ainsi d'accord pour le porter à abandonner ses projets de départ.

Les circonstances devaient en décider autrement.

De fréquents voyages et des réceptions plus fréquentes encore des chefs du voisinage, ajoutaient leur distraction aux charmes de ces joies de la famille.

Tout était nouveau pour Georges, et par suite intéressant au plus haut degré dans ces courses à travers un pays à peine habité et tout imprégné encore de la grandeur sauvage des terres nouvelles.

L'espoir de saisir quelques traces du passage des Européens, donnait parfois à l'attrait de ces voyages une saveur nouvelle; c'était quand ils se dirigeaient vers le détroit de Cook ou la baie des îles.

Parmi celles de ces excursions qui furent particulièrement remarquables, nous nous arrêterons à la visite faite par Emaï, Georges et Epeka à un des plus puissants chefs de la côte du détroit de Cook, le célèbre Otako.

Les voyageurs avaient avec eux une vingtaine de femmes esclaves chargées de leurs provisions. Chacune de ces femmes, outre ses provisions personnelles, portait sur la tête une trentaine de livres de patates ou autres légumes enveloppés dans une natte cousue en forme de sac, et conduisait en outre un cochon, attaché par une corde aux jambes de devant.

Emaï, Georges et les guerriers qui leur faisaient escorte
étaient en grande tenue de guerre, leurs visages teints d'ocré
et de vermillon, et armés de pied en cap.

Le voyage tantôt par eau, tantôt par terre, dura un mois, et
les diversités d'aspect et de production du pays parcouru, facili-
tèrent à Georges une étude de la Nouvelle-Zélande, plus complète
qu'il n'eut eu encore occasion de la faire.

La petite caravane, étant arrivée à un village du nom de
Tava-Nake, sur la côte du détroit de Cook, y rencontra Otako
venu à sa rencontre de son pâ des environs du cap Sud.

La rencontre eut lieu comme de coutume à grand renfort de
frottements de nez, de cris et de gémissements avec effusion de sang.

La renommée d'Otako était venue jusqu'à lui, et Georges
s'attendait à trouver dans cette visite plus d'une occasion d'observations. Il était loin cependant de prévoir tout l'intérêt qu'il y
prendrait.

Parmi les compagnons d'Otako, un homme encore jeune
attira immédiatement son attention. Malgré la similitude de
costume entre cet homme et ceux qui l'entouraient, malgré les
sillons nombreux et profonds d'un moko plusieurs fois renouvelé,
malgré les ornements pendus au nez et aux oreilles, malgré
enfin le hâle qui avait bronzé la peau, il ne s'y trompa pas un
instant : cet homme était de race blanche et probablement de
naissance européenne.

Jamais l'étiquette zélandaise n'avait semblé, à Georges, aussi
lente dans ses interminables formalités de bienvenue ; enfin,
au moment où sa patience allait être à bout, les présentations
officielles s'achevèrent, et pendant qu'Emaï entrait en conférence
intime avec le chef, qu'il n'avait pas vu depuis les années
joyeuses de leur commune jeunesse, pendant qu'Epeka suivait
à l'écart la femme et les filles du chef, il put à son tour aborder
l'étranger, qui, à son salut formulé en français, répondit
par quelques mots d'anglais à peine intelligibles.

Il se nommait James Mowie, et était né en Angleterre, qu'il avait quittée encore enfant en qualité de mousse, à bord du *Sydney-Cove*, à destination de îles de la Sonde.

Détourné de sa route par une tempête, le *Sydney-Cove*, après des péripéties de mer, dont James n'eût pu rendre compte, était venu échouer près du cap Sud.

L'équipage avait pu gagner la côte sur un canot, et déjà il rendait grâce à Dieu de ce salut inespéré, lorsque les naturels, accourus, massacrèrent les hommes, pillèrent les épaves du naufrage et brûlèrent le canot pour avoir le fer employé dans sa construction.

Seul, le petit mousse échappa à cette horrible boucherie. Il dut cette exception à son extrême jeunesse qui attira l'attention et excita l'intérêt de la plus jeune fille d'Otako.

L'enfant protégea l'enfant, et lorsqu'ils eurent achevé de grandir tous deux, ils s'épousèrent.

James devint ainsi un chef. Orphelin et sans parents dans son pays, n'ayant reçu d'autre éducation que celle qui, à cette époque, était donnée aux fils des familles les plus complètement déshéritées des biens de ce monde, à peine capable d'établir une distinction entre le Dieu des chrétiens et l'atoua des Zélandais, James se prit d'une ardente affection pour le peuple et la famille qui l'avaient adopté.

Il en prit rapidement les habitudes et les mœurs, devint habile dans le maniement des armes, adroit à tous les exercices du corps, et oublia à un tel degré sa véritable patrie, que c'est à peine s'il en pouvait comprendre et parler la langue.

Et puis, James était Anglais, et de ses premières impressions de jeunesse il lui était resté à l'endroit des Français en général, et des marins français en particulier, ces ridicules préjugés, ces préventions malveillantes et absurdes, qui alors avaient cours dans les classes populaires de l'Angleterre, et élevaient entre les deux peuples un mur de séparation bien autrement infranchissable que ne le pourrait être aucune barrière dressée par la nature ou élevée de mains d'hommes.

Georges ne tira donc pas de cette rencontre le plaisir qu'il s'en était promis à première vue : ce n'était pas un Européen, ce n'était pas un chrétien, c'était un Zélandais à peau blanche, qui frottait sérieusement son nez contre le sien, au lieu de lui tendre la main ; qui parlait sans frissonner du repas d'anthropophages, dont il prenait probablement sa part, sans avoir à dominer le moindre soulèvement de conscience !

Certes, il y avait là motif de s'attrister bien plus que de se réjouir, et n'eût été le réveil d'une foule de pensées et de désirs tout à fait étrangers au pauvre James, cet événement n'eût exercé qu'une très-passagère influence sur la vie de Georges.

Après six semaines de séjour, Emaï et Georges quittèrent Tava-Nako, village important, situé sur le bord de la mer, dont les habitants leur avaient fait les honneurs avec toute l'affectueuse générosité de l'hospitalité zélandaise.

Malgré ses efforts, Georges parvenait à peine à dissimuler la pénible disposition de son esprit. Impressionné par la vue de James, et plus encore peut-être par la contemplation de cette vaste mer, au delà de laquelle son souvenir évoquait l'image plus vivante que jamais de sa patrie bien-aimée, il sentait que désormais il se défendrait mal contre la nostalgie que la vie de famille avait un instant arrachée de sa pensée ou plutôt de son cœur.

Les prévenances d'Epeka, sa sollicitude, derrière lesquelles se montrait une inquiétude secrète, irritaient sa peine au lieu de la calmer. Il lui en coûtait de tromper ainsi cette amie si tendre, si dévouée, qui n'avait pas un secret pour lui, et qui n'imaginait pas qu'en dehors d'Eshou, d'elle-même et de leurs enfants, il pût craindre ou désirer quoi que ce fût au monde.

Bien des fois, il fut sur le point de lui ouvrir son cœur, de lui raconter ses tristesses, ses regrets, ses aspirations ; mais

le comprendrait-elle ? Et , si elle le comprenait, quelles angoisses
s'empareraient de son cœur en se voyant impuissante à le rendre
heureux, et en reconnaissant que ce bonheur qu'il désirait, il
ne pouvait l'obtenir qu'en s'éloignant d'elle.

Il est vrai que, dans sa pensée à lui, cet éloignement ne
devait être que temporaire; mais le croirait-elle ! Eût-elle
d'ailleurs confiance en sa parole, ne s'imaginerait-elle pas,
elle, pauvre femme ignorante des distances et des moyens de
se diriger à travers les mers, que, s'il partait, des espaces
infranchissables les sépareraient pour toujours?...

Et il se taisait; et ses luttes avec lui-même, renfermées
au plus intime de son être, pesaient sur sa vie d'un poids
chaque jour plus lourd.

Cette tristesse incessante chez Épéka et empreinte d'un
certain remords chez Georges, gâta pour tout le monde le
voyage de retour qui s'opéra le long de la côte, au milieu
de conditions qui eussent dû le rendre intéressant et joyeux.

Après six semaines d'une navigation calme et agréable, les
voyageurs arrivèrent au cap Est, où ils rencontrèrent un chef
fort célèbre de la baie des Iles. Pomare avait, en ce moment,
avec lui le plus grand armement zélandais que Georges eût
jamais vu, et il fit avec la courtoisie naturelle à ces peuples
les honneurs de son campement aux étrangers, devenus ainsi
ses hôtes de circonstance.

Plus de cinq cents guerriers, obéissant à ses ordres, montaient
six belles pirogues de guerre, dans une desquelles — celle du
chef — un coffre de provenance européenne attira l'attention
de Georges. Ce coffre portait le nom du « capitaine Brin, du
navire de la mer du Sud, *Asp.* »

— Qu'étaient devenus le navire et son capitaine?

Pomare, à cette question, eut un geste éloquent qui fit
frémir son interlocuteur. Puis, et comme explication de ce signe,
il sortit du coffre deux pistolets qu'il passa à sa ceinture.

C'était la dépouille du capitaine de *l'Asp*.

Pomare et deux ou trois de ses principaux guerriers avaient aussi des fusils dont ils tiraient grande vanité, mais dont ils n'osaient se servir, parce que la poudre commençait à leur manquer, et qu'ils ne savaient quand et comment ils pourraient s'en procurer.

Ils parlaient aussi d'une certaine liqueur, dont la mer avait laissé sur le rivage des tonneaux pleins après la perte de *l'Asp*.

Cette liqueur, disaient-ils, ôtait la raison à ceux qui en buvaient; elle faisait parler sans motif et sans raison les vieillards les plus sages et suggérait mille actes de folie aux guerriers les plus sérieux.

Par bonheur, elle était aussi mauvaise au goût que dangereuse dans ses effets, ce qui avait éloigné ses hommes d'en boire; il leur avait permis, sans mécontenter personne, de faire vider à la mer la plus grande partie du mystérieux liquide.

Georges reconnut, à ce tableau, qu'il s'agissait de rhum ou d'eau-de-vie; et, pressentant les efforts que les Européens feraient un jour pour acclimater ce terrible et dégradant auxiliaire de leurs desseins dominateurs sur les Insulaires, il demanda du fond du cœur à Dieu de maintenir les Zélandais dans cette heureuse répugnance pour les boissons alcooliques (1).

Pomare revenait d'une longue et importante expédition, au cours de laquelle il avait dévasté et pillé presque toutes les peuplades qui habitent entre le cap Est et la rivière Tamise.

(1) « Un fait fort remarquable, dit M. Dumont d'Urville, c'est que les Zélandais ne connaissaient aucune sorte de boissons spiritueuses et ne buvaient jamais que de l'eau. En général, ils détestent toutes les liqueurs fortes des Européens; mais ils savourent avec délices toutes leurs boissons sucrées comme thé, café, chocolat, et sont très-friands de sucre. Ce n'est qu'à la longue et par une sorte d'éducation nouvelle qu'ils peuvent s'accoutumer à l'usage du rhum et du vin. Encore, dans ce cas, sortent-ils difficilement de leur sobriété habituelle et s'adonnent-ils rarement à l'ivresse. C'est un vice que, du moins, ils ne partagent pas avec les autres tribus polynésiennes familiarisées avec ses effets par l'usage immodéré du kava. La plante qui fournit cette boisson, du moins une très-voisine (le pipier *excelsum*), croît cependant à la Nouvelle-Zélande, où elle porte le même nom, mais les naturels n'en font aucun usage. » (*Voyage de l'Astrolabe*, tome II, pages 176-177.)

Ses pirogues regorgeaient de butin, et tout le pays, disait-il avec un sombre orgueil, tremblait à son nom.

Parmi les trophées qu'il rapportait chez lui et qui devaient rendre sa gloire immortelle, il montra avec complaisance à ses hôtes les têtes de plusieurs chefs tués par lui.

Parmi ces têtes, les unes étaient en préparation, d'autres étaient complétement préparées, et, malgré l'horreur que lui inspirait un spectacle de ce genre, Georges était curieux de se rendre compte de l'état étonnant de conservation, dans lequel les têtes des ennemis vaincus sont transmises de génération en génération dans les familles des chefs.

D'après ce qu'il put voir lui-même et ce qui lui fut expliqué, il se rendit compte que c'était grâce à l'acide pyroligneux dont elles étaient imprégnées par leur exposition prolongée à la fumée d'un feu de bois, qu'elles devenaient inaccessibles à toute espèce de décomposition.

Pour arriver à ce résultat, on commence par en ôter avec soin la cervelle, la langue et les yeux. On bourre ensuite avec du lin l'intérieur du crâne et des narines. A l'endroit où la tête a été séparée du corps, la peau du cou est réunie comme l'ouverture d'une bourse, en laissant un espace assez grand pour y faire entrer la main. Puis, on l'enveloppe dans un paquet de feuilles vertes, et, dans cet état, on l'expose au feu, jusqu'à ce que l'humidité en soit bien évaporée; après quoi, on jette les feuilles, et on laisse la tête suspendue à la fumée, de manière à donner à la chair une consistance dure et coriace. Les cheveux et les dents restent en place, et le tatouage de la figure demeure tout aussi net que dans l'état de vie. Il suffit de tenir au sec les têtes ainsi préparées pour les conserver indéfiniment.

En se séparant de ses hôtes, Pomare dit courtoisement en s'adressant à Georges :

— Puisse bientôt le jeune chef blanc compter dans sa

12

demeure autant de têtes d'ennemis vaincus que j'en possède dans la mienne. Son nom, dès lors, sera glorieux et immortel parmi ses frères d'adoption.

Il n'était pas possible de complimenter plus habilement un chef en se faisant valoir soi-même.

La rencontre de Pomare fut le dernier incident remarquable du voyage qui se poursuivit non plus sur le littoral et en pirogues, mais à pied, en coupant à travers les terres.

On marchait le jour, on campait la nuit autour de grands feux, abrités sous les branches immenses des arbres, les esclaves pourvoyant à tous les besoins de la halte sans que nul, si ce n'est Epoka qui ne cédait à personne le droit de veiller au bien-être de son mari, eût à s'occuper d'autre chose que de faire honneur au repas.

Le soir du quatrième jour, après avoir quitté le cap Est, la petite caravane arriva au village d'Emaï, où son retour était vivement désiré par les familles des guerriers et surtout par Eshou et sa mère.

XV

Par une suite de circonstances presque inouïes chez les Zélandais, qui vivent en un état de guerres continuelles entre eux, jusqu'alors avait manqué pour Georges l'occasion de recevoir la consécration définitive de son titre de chef, ce baptême du sang, répandu ou versé, qui se fait si rarement attendre aux guerriers sauvages.

Il ne connaissait de la guerre que le chant émouvant du pihe, les danses qui l'accompagnent et les simulacres de combats, sortes de joutes à armes émoussées qui, en Zélande, accompagnent la plupart des fêtes.

En dépit des atrocités qui signalent les combats chez ces peuples, Georges désirait avec impatience que le moyen de se distinguer lui fût offert, et il salua avec presque autant d'enthousiasme que les guerriers de la tribu et qu'Emaï lui-même, l'arrivée d'un coureur chargé d'aller de village en village annoncer que les chefs de plusieurs milles à la ronde eussent à se mettre en route sous trois jours pour se rendre à Kaï-Para, près de la source de la rivière Tamise et distant de deux cents milles environ du village d'Emaï.

Emaï, sans hésiter, sans même consulter ses guerriers dont il connaissait les intentions, promit de se rallier aux autres chefs, et s'engagea à arriver à Kaï-Para dans le délai voulu.

Il s'agissait, au dire du messager, d'une coalition formée contre un certain nombre de chefs de la baie des Iles et de la rivière Tamise, dont les prétentions ne pouvaient plus être tolérées.

A peine le messager avait-il quitté le village, que tout y était en mouvement. On eût dit une ruche dont un essaim se disposait à s'éloigner.

Les esclaves abattaient des arbres, coupaient des branches, déménageaient les magasins de la majeure partie de leur contenu; les femmes tressaient les corbeilles destinées à contenir les provisions de la route; les guerriers visitaient leurs armes, s'assuraient que le poli et l'éclat en étaient irréprochables et se préoccupaient de leur peinture et de leur équipement de guerre. Il n'était pas jusqu'aux petits enfants eux-mêmes qui ne cherchassent à s'utiliser et qui ne mêlassent leurs petites voix aux voix sonores et hardies des hommes préludant déjà au chant du pihe.

Georges fut frappé de l'empressement presque joyeux avec lequel les femmes, malgré leur grand attachement pour leurs maris, procédaient à ces préparatifs. Le souffle des batailles, en passant sur elles, avait enflammé leur cœur, et le courage, l'énergie, le grand souci qu'elles ont de l'honneur de leurs époux, de cet honneur qui sera le meilleur héritage de leurs fils, les élevaient au-dessus de la faiblesse de leur sexe et, remplaçant chez elles le sentiment patriotique qui, en Europe, provoque chez les femmes de si beaux actes de bravoure et de dévouement, en faisaient de véritables héroïnes.

Telles du moins elles apparaissaient à l'imagination de Georges, et telles assurément étaient Eshou et Epeka, dont son ascendant moral avait achevé l'heureuse éducation.

Mais dans le nombre, combien, à côté de l'honneur à revenir à leur mari, plaçaient la perspective du butin à recueillir, des savoureux festins dont la chair de l'ennemi fournirait le menu?

Hélas! dans quel pays et dans quelle réunion d'êtres humains, les secrets mobiles des cœurs supporteraient-ils la lumière du plein soleil?... Les guerres si souvent décrites des Indiens de l'Amérique, pas plus que celles des peuples civilisés, ne sauraient donner l'idée d'une expédition guerrière en Zélande.

Ici il faut non-seulement que chaque guerrier se procure ses armes, ses munitions, mais encore qu'il se munisse de provisions que le sol, trop pauvre en animaux et même en végétaux comestibles, ne lui fournirait pas sur sa route. Et ces provisions, il lui faut des esclaves pour les porter.

D'autre part, le butin que fera chaque guerrier lui appartiendra en propre; sa famille en aura le bénéfice et devra le recueillir; de là, la nécessité pour elle de suivre, en partie, l'expédition (1).

C'est donc le village presque entier qui s'ébranle et se déplace.

Les vieillards, les enfants y demeurent seuls, sous la garde de quelques hommes de confiance (2).

Tout le reste suit l'armée.

Quand le jour fut arrivé, Georges partit avec l'armée. Il portait avec une aisance vraiment remarquable la lance, la

(1) Tout le butin que fait chaque famille est pour son propre compte, elle ne doit au chef que ce qu'elle juge convenable de lui accorder.

(2) Les esclaves qui suivent l'armée, non plus que ceux qui demeurent à la garde du village, ne sont pas obligés de prendre part au combat non plus qu'à la défense du village, s'il était attaqué; mais il est rare que dans la mêlée ils n'accourent, si besoin est, au secours de leurs maîtres.

hache d'armes et le mère, et il était aisé de voir que ce ne
serait pas en ses mains des armes inutiles.

Par bonheur pour lui, l'expédition avait un mobile dont un
Français a toujours et partout coutume de se glorifier : elle
allait arrêter et châtier les déprédations de tribus pillardes,
considérées à juste titre comme les pirates de la côte. La conscience ainsi parfaitement à l'aise, il se proposait de montrer
aux insulaires comment un enfant de Saint-Malo comprend les
mots sang-froid et courage.

Il n'avait point oublié ses lacets et certains ustensiles inventés
par lui pour faire du gibier le long des chemins, et il marchait
allégrement malgré le poids de ses armes, ayant à ses côtés
Epeka dont les épaules pliaient sous le poids de trois nattes
neuves, tissées par Eshou pour occuper sa solitude pendant le
voyage de Tava-Nake, et destinées à servir de lit.

La troupe comptait environ cinq cents hommes, guerriers ou
esclaves, et une cinquantaine de femmes. Mais à mesure que
les esclaves étaient débarrassés des provisions qu'ils portaient,
on les renvoyait au village, et la troupe diminuait en nombre.

Quand, sur le passage de l'armée, se rencontrait un village
ami, on y passait la nuit; sinon, on campait dans les bois
autour de grands feux, que les esclaves entretenaient allumés
toute la nuit, car on était alors en juillet, c'est-à-dire à
l'époque qui correspond au mois de janvier en Europe.

Les nuits étaient froides, les matinées pluvieuses; mais, le
reste du jour, on jouissait en général d'une température fort
douce, bien que les sommets élevés fussent couverts de neige.

Quand les provisions emportées du village furent épuisées, la
petite troupe dut vivre aux dépens des pays qu'elle traversait.
On dévastait les champs cultivés; à l'occasion même, on enfonçait
les portes d'un magasin qu'on mettait au pillage; en un mot,
tous les moyens de se pourvoir étaient jugés bons et licites.

Comme il en est partout à peu près de même, et dans les

pays civilisés aussi bien, sinon plus que dans tout autre, Georges ne trouvait pas trop à redire à ces façons sommaires de pourvoir à ses besoins. Pour être franc, nous devons même avouer qu'il dirigea plus d'une opération de ce genre.

Après cinq longues semaines de marche, la troupe d'Emaï arriva enfin à Kaï-Para, où un millier de guerriers étaient déjà campés au bord de la rivière.

Des cabanes furent aussitôt dressées pour les nouveaux arrivés, et une des plus belles fut attribuée à Georges et à sa femme. Deux femmes et deux ou trois esclaves hommes furent attachés à leur service; en un mot, leur installation fut à tous égards celle d'un chef.

Pendant que les esclaves pêchaient les coquillages et le poisson, les femmes arrachaient et préparaient les racines de fougère. A ces aliments, les seuls que fournit le pays, Georges ajoutait parfois le produit de sa chasse aux oiseaux.

De l'autre côté de la rivière, presqu'aussi large qu'un petit bras de mer, mais dont la plus grande profondeur ne dépassait pas un mètre cinquante centimètres, étaient campés quatre à cinq cents ennemis qui attendaient des renforts.

Leurs coureurs allaient et venaient d'un camp à l'autre pour apporter des messages concernant la guerre.

Enfin, l'ennemi s'étant retiré à une lieue environ dans l'intérieur des terres, les chefs confédérés jugèrent à propos de traverser la rivière.

L'engagement eut lieu le lendemain; les deux armées étaient à peu près de même force, et Georges, chargé de garder une éminence qui commandait le champ de bataille, et sur laquelle avaient été réunis les femmes, les esclaves et le matériel de la petite armée, eut le spectacle du combat qu'il put suivre dans tous ses détails.

Il vit le commandant en chef de chaque armée s'avancer de quelques pas au-devant de ses troupes et entonner le pihe.

Ce chant arrivé à l'endroit indiqué, les deux troupes s'ébranlèrent, non pour s'avancer à la rencontre l'une de l'autre, mais pour exécuter la danse de guerre.

La danse achevée, chaque armée se forma sur une ligne de deux hommes d'épaisseur ; alors, les deux corps s'élancèrent l'un contre l'autre, les lances s'entre-croisèrent, les haches s'élevèrent et s'abaissèrent avec une rapidité qui semblait tenir du vertige. Enfin, les mères se mirent de la partie et, dès lors, les guerriers, s'enlaçant corps à corps, luttèrent de vigueur et d'adresse, échangeant des cris de défi, des menaces de mort qui, d'abord isolés, se changèrent bientôt en une sorte de concert sauvage qui, peu à peu, vont se fondre dans le chant du piho, repris et chanté à la fois par deux mille voix tonnantes.

L'effet était saisissant, et Georges, qui n'avait pas été fâché d'en pouvoir d'abord jouir à titre de spectateur, brûlait maintenant de prendre part à l'action.

Se tenant de la main gauche par les cheveux, et cherchant réciproquement à se couper la tête, les couples de guerriers se courbaient, se relevaient, faisant onduler les plumes de leur coiffure, comme le vent d'orage fait onduler les épis d'un champ de blé.

Cependant, l'enthousiasme de la bataille avait gagné les femmes, les esclaves, jusqu'aux enfants ; tous s'étaient rapprochés des combattants, et Georges, estimant que le mince matériel, qui, seul, restait sous sa garde, ne valait pas le poids de son bras dans la mêlée, s'y précipita à son tour.

Epeka, inquiète pour son père qui, un instant, lui avait paru avoir le dessous, s'y était déjà élancée.

Mais, au lieu d'être vaincu, Emaï était vainqueur, et elle arriva près de lui juste à temps pour recevoir de ses mains la tête sanglante du chef, dont il venait de triompher (1).

(1) C'est le privilège des femmes et des enfants de recueillir ces précieux trophées. Les corps sont relevés par les esclaves qui les emportent aussitôt, afin que l'ennemi, s'il avait définitivement le dessus, ne les trouvât plus sur le champ de bataille.

Pour un homme de sang-froid, c'eût été le comble de
l'horrible ; mais telle est l'ardeur furieuse, que la vue et l'odeur
du sang allument dans l'âme des combattants, que Georges
y prit à peine garde.

Ses amis, ses alliés donnaient leur vie, il n'avait ni le droit,
ni le désir de marchander la sienne. Voyant un chef ennemi,
qui venait de triompher de son adversaire, il alla droit à lui.
Le chef leva son mère pour parer le coup qui le menaçait,
et le combat s'engagea. Le Zélandais était plus fort et peut-être
plus exercé dans le maniement de ses armes, mais Georges
était plus souple, plus vif, ce qui ne l'empêchait pas d'avoir
plus de sang-froid.

Déjà le bras de son adversaire, dont le sang coulait de
plusieurs blessures, s'allourdissait sensiblement. Encore un effort,
et la victoire était à lui ! Réunissant toutes ses forces, il lève
son mère et s'apprête à donner le coup de grâce, lorsqu'une
douleur aiguë, à la partie supérieure du bras droit, fait tomber
l'arme de sa main. Un dard barbelé, lancé par un des esclaves
du chef, témoin du péril de son maître, venait de l'atteindre
si cruellement, qu'il lui était impossible désormais de défendre
sa vie.

C'en était fait de lui, si Emaï, qui venait de terrasser un
second ennemi, ne se fût hâté de venir compléter sa victoire.

C'était le quatrième chef ennemi qui était tué. Il n'en fallait
pas tant pour décider du combat. L'armée se débanda en poussant de grands cris, et, laissant le gros de leurs guerriers la
poursuivre, les chefs se réunirent autour d'Emaï pour le féliciter du succès et se concerter sur ce qu'il convenait de faire.

Pendant ce temps, Epeka, assistée de deux ou trois autres
femmes, s'était emparée de Georges et visitait sa blessure.
Une opération étant reconnue nécessaire, le soin en fut confié
à une des femmes réputée très-habile. Avec une écaille
d'huître, elle pratiqua une incision tout autour de la flèche,

qu'elle retira doucement, de manière à ne pas trop déchirer les chairs et à ne froisser aucun muscle.

L'opération laissa une plaie d'un diamètre de huit à dix centimètres. Elle fut très-douloureuse, et la perte de sang qu'elle provoqua, jointe à la douleur, affaiblit tellement le patient, qu'il lui eût été impossible de marcher.

Une des femmes le prit sur son dos, et, après lui avoir fait ainsi traverser la rivière, le transporta dans sa cabane, où Epeka, qui ne l'avait pas quitté un instant, appliqua sur la blessure quelques herbes fraîches, dont l'effet fut presque instantané. Le sang cessa de couler, la douleur se calma, et un sommeil réparateur s'empara de lui.

Quand il se réveilla, l'armée revenait victorieuse, ramenant avec elle plusieurs prisonniers, qui, selon l'usage, étaient devenus esclaves de ceux qui les avaient pris.

Un des chefs avait été tué, mais son corps avait pu être enlevé à l'ennemi, avant que la tête en eût été détachée, et c'est à peine si son peuple et ses amis songeaient à pleurer sa mort, tant était grande leur joie de posséder ses dépouilles intactes.

On déposa le corps, avec tous les signes du respect, sur des nattes neuves disposées, à cet effet, un peu en avant des cabanes. Ce premier devoir rempli, on s'occupa de disposer les trophées de la journée. Trente têtes avaient été coupées. Elles furent plantées sur de longues lances autour du camp, et un nombre presque double de corps furent placés dans des fours pour y cuire à la manière ordinaire.

Les hommes ne cessèrent de chanter et de danser toute la nuit et, le lendemain, il y eut un grand festin, dont les corps des vaincus furent le mets d'honneur.

Quant au corps du chef qui avait été tué, il fut découpé en plusieurs morceaux, qu'on emballa dans des corbeilles recouvertes de nattes noires.

Ces corbeilles furent mises à part dans une des pirogues qui remonta la rivière avec les autres jusqu'à un pâ, très-considérable nommé Souraki, où résidait la mère du mort.

En vue de ce village, toutes les pirogues se réunirent, et les guerriers qui les montaient entonnèrent l'hymne funéraire.

Pendant ce temps, les coteaux, qui, à cet endroit, bordent la rivière, se couvrirent de femmes et d'enfants, dont le visage était barbouillé d'ocre et la tête ornée de plumes blanches. Ils agitaient leurs nattes en l'air et répétaient de toutes leurs forces leur formule de salut : *Aïre-Maï !... Aïre-Maï !...*

Quand le chant funéraire fut achevé, le débarquement se fit dans le plus grand ordre, les pirogues furent tirées à terre, et les hommes, après s'être dépouillés de tous leurs vêtements, exécutèrent une danse fort compliquée, après laquelle eut lieu un simulacre de combat entre une troupe de guerriers sortis tout à coup de derrière une colline et les arrivants, qui avaient revêtu leurs nattes et repris leurs ornements et leurs armes.

Tous les guerriers allèrent ensuite se ranger autour de la maison du chef, devant laquelle on plaça les corbeilles qui renfermaient son corps.

On les ouvrit toutes, et la tête, ayant été retirée de celle qui la contenait, fut ornée de plumes et exposée à la place d'honneur, tandis que les têtes enlevées pendant le combat étaient plantées sur des lances, dans les parties les plus fréquentées du pâ.

Quant à la mère du mort, elle s'était réfugiée sur le toit de la maison, et, refusant d'en descendre, elle faisait retentir l'air de ses gémissements et de ses cris.

Les troupes alliées ne se séparèrent qu'après les funérailles, lesquelles eurent lieu exactement de la manière que nous avons indiquée pour la mère d'Emaï.

Georges souffrait de son bras, et ce lui était une heureuse excuse pour se tenir, autant que possible, à l'écart de ces réjouissances, de ces repas, de ces exhibitions de têtes sanglantes, qui étaient pour lui le côté douloureux de sa nouvelle vie.

Maintenant que l'exaltation, causée par le bruit du combat, était tombée, il se faisait la question, que les plus grands capitaines aussi bien que les plus simples soldats, ne peuvent s'empêcher de se poser au lendemain d'une bataille.

— Pourquoi ce sang répandu, et quels sont les intérêts terribles qui peuvent justifier la mort de tant d'hommes ?

La joie de retrouver Eshou, d'embrasser ses enfants, put seule atténuer la sombre horreur qui avait envahi son âme.

La blessure de Georges était guérie, et la douce influence du printemps achevait de dissiper la tristesse qui s'était emparée de lui, lorsqu'un événement inattendu, événement dont les suites devaient être décisives pour lui et sa famille, vint modifier complétement le cours de ses idées.

Une grande pêche, à laquelle devaient prendre part les guerriers de plusieurs tribus, avait amené Emaï, Georges et un certain nombre de rangatiras de leur tribu sur le bord de la rivière, où nous avons vu notre héros débarquer pour la première fois sur le sol de la Nouvelle-Zélande.

Les femmes étaient demeurées au village; quelques esclaves seulement avaient suivi les guerriers.

Un matin, au lever de l'aurore, la petite troupe qui campait sur le rivage, fut tout étonnée en voyant des colonnes de fumée s'élever de plusieurs points de l'horizon.

Ils se demandaient s'il fallait voir, dans ces signaux, comme un motif d'inquiétude ou des marques de joie, lorsque des jeunes hommes qui couraient à toute vitesse, en passant devant leur campement, leur jetèrent ces mots :

— *Kaï-poule!* — Un navire sur la côte!

Ces paroles plongèrent Emaï et Georges dans le ravissement.

Le premier allait enfin voir un de ces navires européens,

que, jusqu'alors, il n'avait connus que par ouï-dire! Il allait — s'il plaisait à l'atoua — s'emparer de quelques-uns de ces merveilleux fusils, dont la possession lui semblait le bien suprême.

Le second se disait que le moyen de revoir la France, si vivement demandé à la Providence, était peut-être là à quelques heures de lui. Et déjà sa pensée invoquait tout un monde d'émotions et de bonheur.

Il se voyait à Saint-Malo, dans les bras de son père!... Il se voyait surtout, au moment du retour, faisant débarquer sur cette côte inhospitalière et meurtrière, les glorieux soldats de l'armée pacifique, destinée à y apporter, sous ses auspices, les premiers rayons de la lumière évangélique.

Un nuage sombre traversait ces radieuses visions : que de larmes coûteraient à Eshou et à Epeka cette apparente fuite. Et, pour lui-même, quelle privation que celle de sa jeune famille.

— Oui, mais quelle joie au retour! quel calme bonheur dans l'avenir!

Cependant, Emaï, impatient de prendre sa part au drame, qui, selon toute probabilité, se préparait déjà au bord de la mer, donna l'ordre d'embarquer, et bientôt les pirogues de sa petite flottille descendaient rapidement le cours de la rivière jusqu'à son embouchure, où déjà étaient amarrées un nombre assez considérable d'autres embarcations.

Emaï et ses compagnons débarquèrent aussitôt et allèrent se joindre au groupe principal des insulaires — le groupe des chefs, — qui délibéraient déjà sur la conduite à tenir.

Ainsi que l'avait prévu Emaï, le résultat de la délibération fut que, si le navire, qui courait des bordées à quelque distance, se décidait à entrer dans la baie, on s'en emparerait et on massacrerait l'équipage.

Cette décision, à laquelle il s'attendait cependant, mit en jeu toutes les facultés d'imagination de Georges.

— Comment prévenir le capitaine du navire ?... Et au cas,

où il lui serait impossible de mettre les marins sur leurs gardes, comment, au moment où on l'aborderait, déjouer les mauvais desseins de ses compagnons.

Les circonstances rendirent inutiles et ces efforts d'intelligence et les projets auxquels ils donnèrent naissance.

Après une longue nuit d'attente et d'espoir, les naturels s'aperçurent avec joie, au lever du soleil, que le navire s'était sensiblement rapproché de la côte.

Craignant cependant qu'il ne vînt point au mouillage, les chefs imaginèrent d'envoyer Georges à bord, afin de l'amener vers la côte.

Cette décision parut à Georges un coup de la Providence, et il accepta avec empressement la mission qui lui était offerte.

Il était alors vêtu d'une double natte du plus fin tissu de phormium; sa ceinture richement ornée, était un chef-d'œuvre de l'industrie zélandaise; un long et épais panache blanc se balançait au-dessus de ses cheveux relevés en chignon; enfin l'ocre de sa peinture de guerre couvrait si bien toutes les parties de son visage respectées par le moko, qu'il était impossible de reconnaître son origine européenne.

Ses armes n'étaient pas moins magnifiques que son costume. Sa hache de combat, notamment, était une véritable merveille. La partie tranchante était fabriquée avec une pierre semblable à du verre vert, mais si dure, qu'elle pouvait résister au choc le plus violent du meilleur acier; la poignée en bois noir, dur, poli, très-artistement sculpté, était ornée de bouffettes de plumes de couleurs variées.

Georges portait admirablement ce pittoresque costume, et certes, alors même que ceux qui l'avaient désigné n'eussent pas été influencés par la pensée d'utiliser sa connaissance de la langue et des usages des blancs, ils n'eussent pu choisir un représentant plus capable d'inspirer la confiance et même d'imposer un certain respect aux hommes du navire.

On choisit la plus belle pirogue, et Georges s'y embarqua avec le fils d'un des chefs et huit esclaves.

Quand ils arrivèrent le long du bâtiment qui était un brick américain, employé à commercer à travers les îles de la mer du Sud, et en ce moment destiné pour la côte de la Californie, Georges, précédant ses compagnons, monta vivement à bord et alla droit au capitaine, qui, en le voyant, s'écria en anglais :

— Voilà un magnifique spécimen de la race zélandaise.

— Un de ses grands chefs sans doute, ajouta le lieutenant.

— Un chef, oui ; un Zélandais, non, répliqua Georges en assez bon anglais.

Les deux officiers firent un brusque mouvement de surprise.

— Monsieur, veuillez me recevoir dans votre cabine, et je vous donnerai toutes les explications que vous pourrez désirer.

Quelques instants plus tard, Georges, assis dans la cabine du capitaine, racontait rapidement son histoire, qu'il terminait par un exposé succinct du complot formé contre le brick.

— Croyez-moi, capitaine, reprenez le large au plus vite ; ne donnez pas le temps aux insulaires de vous entourer de leurs pirogues, vous seriez perdu... En ce qui me concerne, Monsieur, depuis dix ans, je demande à Dieu de me fournir l'occasion qui se présente aujourd'hui, permettez-moi d'en profiter ; emmenez-moi avec vous jusque sur quelque côte où je pourrai trouver le moyen de m'embarquer pour la France.

Cette requête était trop juste, pour qu'il n'y fût pas fait droit aussitôt.

Pendant ce temps, le fils du chef qui était resté sur le pont, ayant mis le temps à profit pour se livrer à ces vols audacieux (1), dont les insulaires ne se font faute ni entre eux, ni à l'égard

(1) Bien qu'une grande partie des Nouveaux-Zélandais ne se fassent aucun scrupule de voler ; même que le vol y passe, en quelque sorte, pour licite toutes les fois que, ayant été f c assez habilement pour n'être pas découvert sur-le-champ, son produit peut être dissimulé pendant trois jours ; cependant, par une étrange anomalie, le mot voleur (*tangata-taé-haé*) est le plus grand reproche qu'on puisse leur adresser. C'est à leurs yeux la plus cruelle, la plus infamante des épithètes.

des étrangers, l'équipage, indigné, l'avait attaché au grand mât et vigoureusement fouetté.

Les esclaves qui l'avaient suivi sur le pont, craignant de partager le même sort, s'étaient hâtés de redescendre la pirogue qu'à force de pagaies, ils avaient éloignée du navire, sans s'inquiéter d'abandonner leurs chefs.

Georges les rappela d'un geste si impérieux qu'ils n'osèrent y résister. Pendant qu'ils se rapprochaient, le capitaine faisait détacher le jeune Zélandais, à qui Georges confiait un message pour Emaï.

— Je pars pour le pays de mes pères, lui faisait-il dire, mais ce n'est que pour un peu de temps. Ma vraie patrie maintenant est celle où sont nés et où vivent mes enfants. J'y reviendrai bientôt, chargé de biens plus légitimes que ceux que mon apparente trahison vous fait perdre aujourd'hui. Eshou et Epeka, que je prie le Dieu des chrétiens de protéger et de bénir, ne sortiront pas un seul instant de ma mémoire et de mon cœur !...

La pirogue était bord à bord avec le navire ; le jeune chef y sauta, ravi d'en être quitte à si bon marché, et le brick, déployant toutes ses voiles, s'éloigna en toute hâte de la côte inhospitalière, où il avait été si près de périr.

Georges qui, le matin même, avait consulté la planchette qui lui servait de calendrier, n'eut pas besoin de se renseigner auprès des marins américains, pour savoir la date de ce jour à jamais mémorable pour lui.

On était au 26 mars 1793.

Il y avait juste dix ans et deux mois qu'il habitait la Nouvelle-Zélande !...

ÉPILOGUE

Nous ne suivrons pas notre héros à travers la vaste mer ; nous ne dirons pas ses impressions en apprenant les événements qui, en changeant l'état politique et social de la France, avaient si considérablement modifié la situation de l'Europe.

Son vieux père était mort, le souffle de la révolution avait dispersé les amis de sa jeunesse, et son retour à Saint-Malo eût passé tout à fait inaperçu, n'eût été la vive curiosité excitée par ses aventures et surtout par l'étrange apparence que lui donnait le tatouage de sa figure, tout incomplet qu'il fût.

Cette curiosité l'irritait ; il s'y déroba en repartant presqu'aussitôt pour le Canada où, à défaut des ressources que lui refusaient les églises fermées de France et son clergé dispersé, il espérait trouver le moyen de donner suite à ses espérances d'évangélisation en faveur de sa seconde et de plus en plus chère patrie.

Si nos lecteurs se sont suffisamment intéressés à notre héros et au récit de ses aventures, pour désirer savoir ce qu'il en advint de lui et de sa jeune famille zélandaise, nous leur donnerons la suite de ce récit dans un prochain ouvrage intitulé : LES PETITS-FILS D'EMAÏ.

FIN

— Lille Typ. J. Lefort —

www.ingramcontent.com/pod-product-compliance
Lightning Source LLC
Chambersburg PA
CBHW070840030726
47504CB00005B/1170